盈 盈 著
张柏芝序

不要
让我
再心痛

上海文艺出版社

早在19世纪,欧美大部分国家有关防止虐待动物的立法就已经基本

成了。目前,亚洲的新加坡、马来西亚、印度、泰国、菲律宾、日

等国,以及我国的香港和台湾地区都已完成了动物福利立法。世界

已有100多个国家制定了《禁止虐待动物法》,动物的生命价值已逐

被法律所承认。中国加油啊!

→如果你缺乏足够的勇气，请千万不要翻开这一页。→做出这种灭绝人性行为的难道真是人类？也许世界上确有那种叫做两脚兽的灵长类动物。→善良的人们，屏住呼吸看一眼血腥残暴的画面吧，那是为了不再有血腥残暴的画面出现。　→麻木的人们，这样的猛药难道还不能触动你的灵魂吗？

名人语录

我们的任务是要解放我们自己,这需要扩大我们同情的圈子,包容所有的生灵和美妙的大自然。

——科学家 爱因斯坦

人必须以仁心对待动物,因为对动物残忍的人对人也会变得残忍。

——哲学家 康德

从一个国家对待动物的态度,可以判断这个国家及其道德是否伟大与崇高。

——圣雄 甘地

　　很高兴我的中国影迷会会长、张柏芝中文
网 www. cecilia. cn 站长盈盈(乐芝)完成了这部
充满爱心的《不要让我再心痛》。

　　你看见这样一张经典的照片吗？美丽的 Cecilia 侧坐在地上,右手拥着的是一条双目失明的白色狗狗,左手抱着依偎在她腿上的是失去一条腿的黄白相间狗狗,照片上的那行文字是"动物爱心大使张柏芝:残病的动物一样温柔可爱,给它一个家,请支持领养计划。"我想稍有爱心的人看见这样的照片是无法不动容的,后来我又了解到 Cecilia 做过香港小动物保护协会的爱心大使,偶像的力量让我情不自禁地关注狗爱护狗救助狗。

——盈盈

充满爱心　帮助弱者

　　很高兴我的中国影迷会会长、张柏芝中文网 www. cecilia. cn 站长盈盈(乐芝)完成了这部充满爱心的小说《不要让我再心痛》。

　　我支持盈盈对"中国小动物保护法"的呼唤。在人类对于动物福利的法治文明已经有了近 200 年历史的今天,世界上已经有一百多个国家和地区制定了"小动物保护法",中国香港地区早在上世纪 30 年代就制定了《防止虐待动物规例》,中国台湾地区也在上世纪 90 年代制定了比较完善的动物保护法,我相信盈盈的呼唤和期待是不会很久的,制定"小动物保护法"既是中国接轨国际社会的需要,也是完善中国法治文明的大势所趋。

　　我非常感慨,就因为我做过"香港小动物保护协会"的爱心大使,盈盈居然就能从害怕狗变为关注狗、爱护狗,最终投入救助流浪狗的行为。由此,我再次体会到偶像的力量是巨大的,所以作为明星,我应该更加规范自己的行为,为自己的 fans 作出良好的榜样,这是社会赋予公众人物的神圣责任。

　　我希望我的 fans,要勤奋学习、努力工作,要充满爱心、帮助弱者,要孝敬父母、感恩社会,做一个积极健康向上的人。

写在前面的话

盈盈

狗是人类的朋友,这早已经是任何文明社会的普遍公理。然而这一来自域外的概念,在这方水土却始终有点儿水土不服。这里的人们遇见流浪狗,通常脑海里本能反应出来的是"恶狗"、"疯狗"这样的词语。

作为一个高中女生,我应该是在阳光雨露下茁壮成长,然而我的眼睛却被迫接触到了这个社会最恐怖最血腥的一面,我看见人们以极不道德的方式对待同样也是生命的小动物。虽然发生在这个社会数不胜数的虐待、遗弃、残害小动物事件几乎已经令我的神经麻木,但是当我的视角聚焦在接受教育传播文明的学校时,我的心灵还是震颤不已:即将毕业的名校研究生残酷虐猫致死;被免试推荐的名校准研究生用浓硫酸泼洒动物园中的黑熊;高等学府的学子将小狗放在微波炉中加热;花季中学生为取乐将猫从高楼抛下;连花蕾般的小学生居然也敢点燃酒精将猫活活烧死……因为中国没有小动物保护法,致使残害生灵的凶手居然不能受到法律的惩戒,这也致使虐待小动物的惨剧屡屡发生,大有愈演愈烈之势。

保护动物、珍爱生命，多一些仁慈，少一些残暴，直接关系到一个民族和国家在世界的形象！好在还是有不少善良的人，正在用自己微薄的力量去帮助它们。

开放的中国在变化，无论是申奥宣传片还是申博宣传片，都无比骄傲地展示了古老民族的辉煌文明、今日中国的发展精华以及接轨世界的迫切愿望。只有两种动物出现在这两部精心策划的宣传片里，那就是象征和平的鸽子以及作为人类朋友的狗狗。阳光下，一脸灿烂笑容的少女与狗狗亲密相拥。这一经典画面向世人强烈地传递了一个信息，中国人脑海里根深蒂固的观念在悄悄发生着变化。

为保护小动物而立法，已经不仅仅是发达国家的事情，很多发展中国家也都已经拥有了"小动物保护法"。一个追求文明的社会，应该有弱小动物的容身之地；一个追求和谐的社会，应该是人宠相融爱满天下；一个追求法制的社会，应该有一部"小动物保护法"！

盈盈你好：

 首先我要代表亚洲动物基金，为你的小说《不要让我再心痛》顺利出版表示祝贺！同时也为你帮助小动物们所做的努力表示衷心的感谢！

 虽然我不懂中文，无法详细阅读你的小说，但是通过我的中国同事，我了解到你创作的这个故事处处传递出尊重动物、关爱动物的信息，而且也非常真实全面地反应了狗狗们的生存困境。这不仅让我感动，也让我深受鼓舞。

 通过创作小说的方式来帮助小动物，是一个非常有创意而且非常好的方法，相比直接的宣传教育，小说可以通过生动的情节，让人们在感受阅读的快乐的同时，自然而然地被故事中传递的信息所打动所感染。你的故事一定会影响许许多多的人，尤其是和你一样的年轻人。

 我衷心希望你的小说能得到大家的喜爱，也衷心希望你能继续用自己的智慧和创造力，写出更多更好的作品，为改善中国的小动物的生存处境做出更多的努力。同时更希望有更多的年轻人能够像你一样，以富有想像力的方式传播对动物的善意和尊重。

 最后祝你生活美好，学业顺利！

你忠实的
谢罗便臣（Jill Robinson MBE）
"亚洲动物基金"创办人暨行政总监
www.animalsasia.org.cn

【我做过「香港小动物保护协会」的爱心大使】

【「制定「小动物保护法」是中国接轨国际社会的需要】

我渐渐清晰的梦想

盈盈

今天,我想对你们说,我的朋友们,虽然现实困难重重,善良的人们疲于救助心力交瘁,但是我仍然有一个梦。它脱胎于中国千百年来的善良文化,也根植于温家宝伯伯所说的"中国人民是善良的",更来源于胡锦涛伯伯的"构建和谐社会"。

我梦想有一天,国人在繁殖或者饲养一条狗狗的时候,会认真考虑到它一辈子的幸福,因为法律会跟踪约束他们,当你不再能给它幸福的时候,必须为它寻找到良好归宿,负责的放弃也是一种道德。

我梦想有一天,只要你喜欢,富人和穷人都可以有自己心爱的宝贝,因为办狗证没有了高昂的门槛,无论是山珍海味还是粗茶淡饭,狗狗幸福才是最重要的。

我梦想有一天,每一条狗狗都不会遗漏接受免疫,中华大地不再谈狂犬病色变,因为遗漏免疫的责任人会受到法律的严惩。

我梦想有一天,不养狗的人不再有理由讨厌狗,因为养狗的人都会看管好自己的狗狗,狗粪也会被得到及时清理。

我梦想有一天,狗狗死亡集中营和打狗队会成为历史,因为很难找到流浪犬和无证犬,取而代之的是先进的人道的犬类管理模式。

我梦想有一天,血腥残暴的画面不再会出现,天堂里不再传来冤魂的哭泣,因为中国有了小动物保护法。

如果中国要构建和谐社会,如果中国要得到全世界善良人们的尊重,这些梦想就必须成为现实。单靠善良人们的微薄救助,没有办法实现人宠相融爱满天下,出台小动物保护法才是唯一的出路。

我国《立法法》规定,"立法应当体现人民的意志","保障人民通过多种途径参与立法活动"。作为爱国的公民,我们不应该放弃表达自己意志的权利,让我们以不同的形式大声疾呼:呼唤中国的小动物保护法!

虽然我的梦想没有马丁路德金的梦想那么深刻那么伟大,但这是一个 17 岁少女对公平的追求、对善良的期待、对美好的憧憬。

有爱，就会有奇迹。
人见人爱的小串串哼哼，
谁能想象哼哼曾经肮脏不堪地蜷缩在垃圾箱里。

花花在街头遭遇车祸，原主人居然在收取车
主赔偿之后弃狗而去。
花花在好心救助人的呵护下，在轮椅上度过
幸福的余生。

南南，被人遗弃在南汇的垃圾场，
被小动物保护者救助后，南南有了家的温暖。

原来的开心当然是很不开心的。
如今的开心显然是超级开心的。

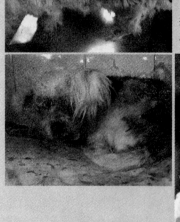

恐怕许多人看见小新这样的模样会掩鼻而过。
小动物保护者让小新有了全新的生活。

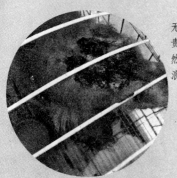

无辜的串串从来就是流浪狗大军的主力部队，它们因为没有名贵的血统而遭受人们的轻慢鄙视。热衷于繁殖串串的人啊，虽然小奶狗看上去是那么可爱，但是想到它日后也许会悲惨地流浪街头，难道你们的内心就没有一点负罪感吗？

沉浸在幸福之中的圣伯纳犬缘园。
缘园脑海里是否还残留着自己瘦骨嶙峋横倒街头的记忆？
另一条同样因为皮肤病而被抛弃街头的圣伯纳妹妹茜茜，至今还在小动物保护者家里轮流寄养，谁能给翘首期待的茜茜一个永远属于它的家呢？

因为残忍的人，可卡犬小宝痛失一只耳朵。
又因为善良的人，一只耳朵的小宝也可以过上美满的生活。

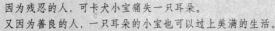

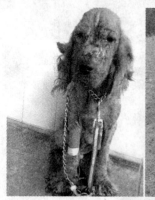

泥巴是一条满脸幸福的纯种可卡犬。
但是小动物保护者发现泥巴的时侯，它已经严重脱水濒临死亡。

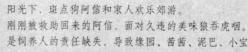

阳光下，斑点狗阿信和家人欢乐郊游。
刚刚被救助回来的阿信，面对久违的美味狼吞虎咽。
是饲养人的责任缺失，导致缘园、茜茜、泥巴、小宝、阿信这样的世界
名犬照样沦落为流浪狗 。谁也不能否认，中国大地数以千万计的流浪
狗确实会给社会公共秩序、安全、卫生带来莫大的隐患，但是小动物保
护者的不懈努力证明，出动打狗队一打了之并不是唯一的解决方案。

猫猫也不能逃脱被人类摧残的厄运。新馨被人殴打，以至于头部重伤，双眼球严重受损，门牙脱落。小动物保护者挽救了新馨的生命。

所有关于狗的问题，说到底
都是因为人的问题，而人的
问题需要法律的约束。

一、
总有一种强烈的不安全感

"OK,搞定啦!"程馨予以极其麻利的动作收好了作业本,立即点开 my documents,搞定作业之后欣赏一会儿香港影后张柏芝的视频和照片,是她每天雷打不动的必修功课,既养眼又养心。

哦,天哪,那里面居然是一片空白,程馨予顿时感觉要喷鼻血啦,但她还不死心地反反复复搜索,这些视频和图片可是她两年积累下来的宝贝命根子啊。

从爱上张柏芝开始,程馨予就煞费苦心地收集有关芝芝的一切,还特意在电脑里安装了 TV 卡,只要电视里出现芝芝的画面,都逃不过她的火眼金睛,哪怕是在中考的恐怖氛围里,她也没有偷工减料过哦。

程馨予在人去楼空的大楼里一间间搜索,那些如同历史文物一般珍贵的文件连尸骨都被灭迹了,她的手脚冰冰凉,透心凉。靠!程馨予懊恼地拍了一下电脑桌,那份堵塞在胸腔里的郁闷根本没法用语言来诉说。

依偎在妈妈脚边的乖小图小贝被吓了一大跳,它非常乖巧地抬起头注视着万

1

分挖塞的妈妈，眼睛里流淌出的是妈妈最经受不住的温柔。小贝小朋友是一条纯种的苏格兰牧羊犬，它可是程馨予的宝贝儿子，都说狗狗是通人性的，它可真的能读懂人的心情哦，会跟着妈妈的喜怒哀乐而喜怒哀乐。

小贝善解人意地用尖嘴嘴磨蹭着妈妈的裤腿，程馨予心里的郁闷顿时消退了许多，脸上也由阴转多云了。她情不自禁揽住懂事的小贝，纤纤的手指穿过狗狗漂亮的毛发，轻轻摩挲着它那隐藏在毛发深处的累累疤痕，原本悄无声息的小贝立即发出了"哈、哈"的喘气声，那条小尾巴拼命地穷摇穷摇，程馨予已经转多云的脸色瞬间又奔晴了，嗬嗬，简直就是一帖药啊，不是中药，也不是西药，是一帖金钱买不到的心理良药哦，没有养过狗的人是死也体会不到这种难以言传的欢愉的。

哎，算了算了，那就早点休息吧。小贝看见程馨予到壁橱里拿睡衣，就已经知道妈妈要洗澡了。老规矩，小贝小朋友可是妈妈的铁杆三陪男郎，哦不，是全陪男郎。记得小贝刚来到这个家时，整个怯生生的，后来慢慢厮混熟悉了，才开始粘人的。

有一次程馨予到浴室去泡澡，没有想到小贝竟然会急得在浴室外不依不饶地抓门，害得她只好湿淋带点地从浴缸里爬起来，门一开小贝就闪了进来，从那以后做下了规矩，程馨予每次泡澡，小贝都执意陪着守着。

此刻，程馨予正舒坦地泡在浴缸里，她的视线直接看不到小贝，但是透过雾气，从浴室顶部锃亮反光的瓷砖上能蒙蒙眬眬地看见小贝的身影，它总是雷打不动乖乖地趴在浴缸脚边不出声。程馨予是个小馋嘴巴，老喜欢在泡澡时吃些小东西，自从小贝开始全陪了，当然还得替它带些零食进来，否则撇下小贝只顾自己吃，那样可是折磨人家哦，不是很道德啦。

聪明的小贝知道妈妈会帮它带零食进来的，但却表现出极高的狗狗素质，绝不主动乞食。其实小贝是早已摸出了规律，因为差不多时候妈妈就会主动赏它吃吃的，所以呵呵，悠着点不着急嘛。

"小贝，吃吃。"程馨予每次总是故意轻轻地用气声来测试小贝的灵敏度。

呵呵，小贝的耳朵对"吃吃"这个音节的灵敏度绝对是最高的，屡试不爽。果然，小贝立刻敏捷地从地上迅速跃起，两只脚脚很有分寸地轻轻地搭在浴缸边上，鼻子微微地抽动着。程馨予把一根鸡肉干送到小贝嘴边，它非常文雅地接了过去。程馨予躺在浴缸里和小贝聊天，它居然小头头一歪一歪，两个耳朵还配合着一动一动的，人模狗样地，感觉就好像能听懂人话一样，聪明是聪明得咧。

"妈妈要睡觉觉了，小贝回自己的窝窝。"每天程馨予发出这样的指令，总是小贝最垂头丧气的时候，虽然心里是万分不情愿的，但它还是乖乖地回到走廊上自己的窝窝里。

"小贝乖乖，小贝不出去哦，小贝 byebye。"早上，李仲琪母女分别拥抱小贝 say byebye，它的表情是乖巧而忧郁的。那种乖巧而忧郁的表情会让李仲琪母女感到心痛，心痛到整天都有一种归心似箭的感觉，一到可以回家的时间赶紧撒腿就跑。

每天晚上，无论是程馨予还是李仲琪回家，只要刚刚拐入弄堂，小贝就已经能远远地感受到她们的气息，激动不已地冲到花园里去迎候，兴奋地摇着尾巴，不停地跳跃。当主人打开铁门时，小贝会开心地趴在她们怀里尽情撒娇，那一瞬间，李仲琪母女的骨头总是彻底酥软，意志薄弱得一塌糊涂，任何的疲劳烦恼都会消失得无影无踪。

自从小贝来到这个家，它总喜欢像小跟屁虫那样寸步不离地黏着宠爱它的主人。程馨予和老妈李仲琪吃饭的时候,它会像一座雕塑那样乖乖地坐在边上一动不动,每次都会骗得心疼它的主人的奖励。李仲琪母女看电视或者上网的时候,它会嗲嗲地把头轻轻搁在主人的脚上。连主人上个厕所它都会屁颠屁颠地紧紧跟随着。

好像在小贝内心深处总有一种非常强烈的不安全感,它必须紧紧盯住这来之不易的幸福。

二、
惨不忍睹的一幕
就发生在眼皮底下

程馨予能够有缘遇见那条狗狗，应该是老天注定的。如果那天的数学老师稍微有点时间观念没有拖堂，如果啰嗦的一塌糊涂的班主任没有补充大量的P话，也许她和那条狗狗只能是擦肩而过。

当班主任宣布同学们全体放学的时候，程馨予感觉自己已经饿得前胸贴后背了。一场没有预报的秋雨使得马路上的行人都缩紧了头颈，饥寒交迫的程馨予靠着拼命想象水煮贡丸鲜香味的动力，总算才把自己弄到了学校旁的集贸市场。

程馨予几乎是零距离贴近水煮贡丸的摊位，冒着热气的鲜香味，已经明显刺激了她口腔里的三对唾腺，就在她吞咽着骤增出来口水的瞬间，那鲜香味却突然对她失去了诱惑。

因为程馨予不经意的回头，看见了一条肮脏不堪的狗狗，正踌躇地沿着墙角迈着惶惶不安的脚步，流浪狗在马路上已经司空见惯了，但这么大码子的流浪狗倒还是第一次见到。单从字面上理解，丧家之犬是一个具有悲剧色彩的词语。应该和孤儿这词一样,充满了悲痛忧伤和无助。然而在这个社会的现实中,"丧家之犬"和"孤儿"恐怕是难以相提并论的,前者往往被用作了贬义,而后者却广泛博得了同情,因为同样是地球上的生灵,人要远比犬高贵得多。

那时的程馨予对狗狗其实并没有后来的那种刻骨铭心,只是把它们当作一个弱势的小生命来关注而已。如果一切正常的话,也许程馨予仅仅就会像以往那样,买几串贡丸抽去竹签,远远地扔过去了事,而不可能和流浪狗狗发生有什么故事。

然而惨不忍睹的一幕竟然就在程馨予的眼皮底下发生了!有个三大五粗的壮汉先是用铁丝套住了那大码子狗狗的脖子,然后出人意料地提起一桶开水兜头向那狗狗浇去,狗狗夹紧尾巴凄厉地惨叫着,身上冒出丝丝热气。

程馨予倒吸了一口冷气,本能地闭上眼睛缩紧了身子,感觉仿佛那桶开水是浇在了自己身上!BT!痛彻心肺的程馨予无法忍受对小生命的粗暴蹂躏,然而她只是一个柔弱的高三女生,所以并不敢挺身而出去指责那壮汉,只能在心里咬牙切齿地骂他BT!

"爽,太爽了,烫死它!"麻木的人群就好像撞上了免费的大戏,居然还有人抑制不住兴奋,大声地击掌喝彩!

有了观众的喝彩,那壮汉更人来疯了,居然拽起那铁丝用力把狗狗甩到东甩到西。

"求你,求求你不要再伤害狗狗了。"程馨予情不自禁央求那壮汉,但声音却小得像蚊子。

"求你不要再伤害它了,狗狗实在太可怜了!"程馨予发现那壮汉没有任何反应,才意识到是自己说话太轻了,于是鼓足勇气加大了嗓门。程馨予终于听到了自己的声音,也吓了一跳,原来自己也可以这么大嗓门的。

"……"那壮汉非常惊诧地看了程馨予一眼,那眼神,MS面对的是天外来客,但是谢天谢地啊,他终于还是在诧异中住了手。

"哪来的小姑娘,吃饱饭没事情干啊?"被搅了好戏,看不成白戏的人群就对程馨予不三不四起来。

"是你们吃饱了饭太空虚,居然以虐待小动物为乐,难道就不怕遭报应吗?"程馨予勇敢地回击道,如果不是为了狗狗,可能她一辈子也不会有机会和这么粗俗的人讲话。

虽然程馨予知道防止灼伤向皮肤纵深蔓延最有效的方法就是用冷水不断地冲淋降温,但是她不敢,因为人类刚刚伤害了它,程馨予不知道它是否会向人类报复,毕竟它是那么大一个庞然大物。程馨予只能听由它痛苦地哀嚎,也听由自己的心被灼痛。

耻辱啊,耻辱!程馨予第一次为自己是一个中国人而感到惭愧!作为一个在美国长大的中国人,程馨予在国外时是不允许任何人说中国一丝一毫不好的,但是现在回到了国内,她又痛恨眼睛里看到的那些全世界独一无二的弊端,或者说爱之深责之切。残害动物、漠视生命,这些道德沦丧良知泯灭的人渣,如同一粒老鼠屎坏了一锅粥那样,严重损害了中华民族在全世界的形象。

程馨予挤出人群,悄悄躲到一边拨通了报警电话。看见警察的迅速赶到,她感到庆幸,国家机器并没有像人们所说的那样低效。想到受尽摧残的狗狗马上就能得到营救,而且还能亲眼看着那丧尽天良的壮汉被警察带走,程馨予被灼痛的心居然还稍许有了些快感。

然而,那些快感带来的微笑速冻在了程馨予的脸上,靠! 那些警察怎么没有去抓那蹂躏摧残小动物的壮汉,而是抓了那惨遭蹂躏的丧家之犬呢?

　　这是程馨予有生以来第一次看见用来抓狗的长长铁夹,那铁夹死死夹住了丧家之犬的脖子,然后猛地将其拽进了笼子,狗狗的鲜血顺着脖子汩汩地流淌到了警车上。惊魂未定的流浪狗不知道发生了什么,程馨予也不知道怎么会这样,只知道生硬的铁夹夹在它烫伤的地方时,一定很疼很疼! 程馨予不敢相信自己的眼睛,本能地用手机记录下了这令人震惊的一幕,举着手机的手明显颤抖着。

　　凄风苦雨中,程馨予感觉到自己的鼻子很酸涩,泪水不由自主地倾泻出来,和雨水交汇在脸上,她相信自己的偶像张柏芝看到了这一幕也一定会泪流满面的。到家时,程馨予试图想要努力控制住自己的情绪,然而见着老妈李仲琪的那一刹那,她的眼泪还是忍不住决堤而出。

　　李仲琪惊呆了,不知所措地把宝贝女儿揽在怀里,紧张地在追问:"告诉妈咪怎么啦? 谁欺负你啦?"

　　程馨予嘤嘤地哭泣着,断断续续地说清了事情的来龙去脉。

　　李仲琪抱紧了女儿,叹了口气说:"警察这么做也算是为了维护社会秩序呀,毕竟这世界还有许多人是怕狗狗的,我们馨予以前不也是见着狗狗就怕得要命啊? 谁也不敢保证那条狗狗它会不会攻击人,更不能保证它身上是不是带有什么传染病的病毒。"

　　"但是不管怎么说,摧残小动物总是不对的吧,而且警察来了为什么不去抓那个凶残无比的罪犯呢?"程馨予气愤难抑地说。

　　"警察是不能随随便便就抓人的,那人那样做虽然确实非常残忍,但是他并没有触犯这个国家的现行法律啊,所以就不能说他是个罪犯啊。这里和美国是一样的呀,警察只是在执行法律,所以他们要依据法律办事的。"李仲琪耐心地向女儿解释。

"什么?他都把狗狗摧残成这样子了,你还敢说他没有触犯法律?难道要等那魔鬼把狗狗杀了才算触犯法律吗?那中国的法律在哪里?那中国还要警察干什么啊?"程馨予大为吃惊。

"就算那人真的把狗狗杀了,但警察还是不能把他当成罪犯来抓啊,因为没有法律条款规定这是犯罪呀。"李仲琪无奈地说。

"难道这里的小动物保护法允许人们这样摧残小动物、虐杀小动物吗?那还叫什么小动物保护法啊?这实在是太荒唐了,简直闻所未闻!"程馨予非常不理解。

"当然,如果有小动物保护法,那么是一定不会允许人们这样虐待小动物的,但是你要知道,现在这里还没有小动物保护法呀。"李仲琪叹息道。

"什么意思?你是说中国还没有小动物保护法?这怎么可能?你不是在搞笑吧?不是全世界的国家都有小动物保护法的吗?中国这么个大国怎么可能没有小动物保护法?"程馨予感觉到极其不可思议。

"老妈没有开玩笑,虽然全世界许多国家都有小动物保护法,但是中国真的暂时还没有小动物保护法。"李仲琪认真地说。

"为什么啊?为什么中国还没有小动物保护法?"程馨予还是难以理解。

"那是因为一个国家的法制建设是逐渐逐渐完善的,需要有个过程。"

"那么也就是说,中国以后也会有小动物保护法的?"程馨予追问。

"是的,那是肯定的,毫无疑问,中国一定会有自己的小动物保护法。"李仲琪点点头。

"可是现在狗狗它被烫伤了,那些警察会不会马上把它送到医院去呢?"程馨予突然想起了那条受伤的狗狗。

李仲琪摇了摇头,没说话。

"那些警察会把狗狗怎么样呢?"程馨予急急地追问。

李仲琪还是没说话,只是长长地叹了一口气。后来程馨予才明白,其实当时老妈的叹息表明她是知道被抓流浪狗归宿的,只是不想告诉女儿而已。

郑阿姨烧的小菜当然是可口的,然而程馨予却丝毫没有了胃口。李仲琪不停地往女儿碗里夹着菜,程馨予只好勉强地夹起一块送进嘴里,然而嚼来嚼去却怎么也咽不下去,好像喉咙里被装上了一道大闸门似的。

程馨予感觉自己的心也像被灼伤了一样,而且伤势还在向纵深处蔓延。程馨予扔下碗一头钻进了书房,打开自己的张柏芝中文网站,忍不住发了几张丧家之犬被铁夹拖进笼子的照片,标题就叫"强烈呼唤小动物保护法",那个时候程馨予根本就不明确自己到底要干什么,也许只是想发泄一下而已。程馨予的 ID 叫乐芝,她是张柏芝中文网站的负责人。

一位 ID 叫宽容的网友马上就有帖子跟进了:"DGD 会把流浪狗送去医院看病?我也好想啊,但我只是在晚上闭上眼睛时想,不会在白天想!"

"为什么啊?"宽容?是刚刚新注册的,也许是谁的马夹吧,程馨予有些晕。

"因为人总是会有梦想的,而梦只能在晚上睡着时做,其实想让 DGD 把流浪狗送去看病,那简直就是在做白日梦,楼主醒醒吧。"宽容的跟帖说。

从宽容的帖子里,程馨予总算弄明白了,那些拿着长长铁夹的人是专门抓狗打狗的,他们那个部门有个正经的名称,叫做公安局犬类管理办公室,小名叫打狗队,网上大家干脆就叫 DGD,通常 DGD 抓了无证狗就直接送往设在郊区的狗狗监狱,网上更多的是称之为狗狗死亡集中营。

宽容还发了许多关于狗狗死亡集中营的链接,程馨予一一点开之后,哦,天哪,帖子里的血腥残暴让她战栗不已,这样毛骨悚然的恐怖场面是在人间? 还是在 18 层地狱啊!

是 PS 过的图片? 不像! 是网络世界的危言耸听? 也不像! 那些惨不忍睹的死亡集中营照片促使程馨予下定了决心,一定要把那条烫伤的狗狗救出来,给它最好的治疗、最好的呵护。

"那死亡集中营里有成千上万条无证犬,每条狗狗的身上肯定都会有一个悲惨感人的故事,其实它们都是很可怜的,但是我们无能为力啊!"李仲琪虽然也喜欢狗狗,但是要到死亡集中营去救回被 DGD 逮走的流浪狗,她觉得女儿简直是在异想天开。

"我不管,既然让我碰上了,那就是我们有缘分,我一定要救它出来的,否则我这一辈子永远都会良心不安的!"

"OK,OK,那我们就来试试看吧。"李仲琪拗不过女儿,只好赶紧拿出通讯录来,给朋友们地毯式轰炸了一通。

陆陆续续反馈过来的信息没有一条能够实实在在让程馨予放下心来的:

"现在已经是周末了,我周一上班一定会帮你联系的。"

"我朋友正好到外地出差了,一联系上我会马上通知你的。"

"我刚才联系到公安方面的朋友了,他们说内部有规定的,流浪狗是不能赎的。"

……

三、
心里的暖意突然逃得无影无踪

夜深了,李仲琪母女俩一筹莫展地干坐着,营救那条丧家之犬的希望看来是非常渺茫。

"为什么要规定流浪狗不能赎啊? 流浪狗又不是自己喜欢去流浪得咯,我们给它一个家,它就可以不流浪了呀!"程馨予刚停了一会儿的眼泪又开始溢出来了。

李仲琪脑海里离警方十万八千里的人脉几乎都被点击过了,再次启动搜索引擎,她的眼睛突然发亮了,一条很有价值的线索跳了出来,她的身体也随之跳了起来。

"找冯子瑛,对,找冯子瑛!"李仲琪的声音因为激动而有些变调。

冯子瑛是李仲琪当年在大陆读高中时的老同学,十多年前冯子瑛的弟弟结婚,还是问李仲琪借车迎娶的新娘。当时女方的一个远亲就坐在李仲琪这一桌,她耳朵里好像隐隐约约刮到过一句,那远亲的儿子刚好考进了警校。掐指算来,当初那警校的新生如今也该是有六七年警龄的老警察了。

"这样吧,我明天专门去一趟。"李仲琪说。因为冯子瑛家的电话怎么也打不通,后来才知道是电话局统一把局号给改了。看到宝贝女儿的脸色很不好看,李仲琪立即改了口,"OK,OK,我现在这就去。"

程馨予执意也要跟着去,到冯子瑛家时已经是深夜 23 点 05 分了。从热被窝里爬出来的冯子瑛看清深夜上门骚扰的李仲琪母女俩,满脸的诧异,弄清了来意之后就更为诧异了。但是母女俩的焦虑压倒了冯子瑛的诧异,她立即拨通了弟弟的电话。

冯子瑛也是在电话里才刚刚理清楚,当初那警校新生是自己弟媳妇的表姨妈的儿子。冯子瑛的弟弟打回电话时,已经是周六的 0 点 15 分了。

"我弟媳妇的表弟已经不在公安局做了。"冯子瑛刚说了一句,程馨予的脸就灰了下来。

"你别急嘛,他调到区政府的信访办工作了,但是公安局的老同事都还在啊,今天实在是太晚了呀,他已经答应我了,明天一定会帮你联系的,到时候我再打电话给你们好哦啦?"冯子瑛虽说是商量的口气,但其实是没什么好商量的。

程馨予也只好等明天了。那晚她失眠了,说实话,在这之前,程馨予从来就是躺下了立马就能睡着的那种人,根本就不知道失眠算是怎么回事,也根本无法想象自己会为一条陌生的流浪狗而失眠。也许,这就是缘分吧,她自己也解释不清楚。以前,每天郑阿姨 morning call,她都嫌白天来得太快,而那天,她却怨黑夜太漫长!

程馨予的感觉好像已经熬到下午了,而手表的时针却千正万确地告诉她只不过是上午 9 点。总算电话铃又响了,程馨予冲过去没让铃声响上第二下就抢起了电话。果然是冯子瑛的弟媳妇的表弟打来的!

"这条狗是有人报了警才抓的,按照规定一般来说是不可以放的,但是你……"

程馨予脑子里嗡的一下乱了,连后面人家在说什么都没有听清楚,就绝望地截断人家抢着问:"啊? 那怎么办啊? 那怎么办啊? 那样狗狗会死的!"

"哎,你这人怎么这样啊,这么着急,还让不让人把话说完啊?"对方有些不悦了。

"哦,sorry,sorry,我实在是太着急了,那你说你说。"程馨予有些不好意思。

"这个……你照我说的去做,赶紧先写一份情况说明,要特别强调那狗是你们刚从外地带来的,所以还没有来得及办证。先让居委会在情况说明上盖个章,再到派出所领取养犬申请表格,填写好了找 3 户离你家最近的邻居签名同意,还要找户籍警签个字,然后到区公安局的犬类管理办公室找姓王的狗司令付费。付完费他们就会给你开领狗单的。"

李仲琪带着程馨予去居委会盖章,没想到这第一关就卡了壳,居委会那干部一脸严肃地坚决表示不赞成养狗,还说出了一大堆的破理由。

其实也难怪,在居委会的那些干部们看来,在自己的管辖范围内,多养一条狗狗就等于是多一个隐患埋藏在那里,倘若碰上养狗的人不够自觉,而不养狗的人又不够宽容,那么就很容易会引发一大堆难以处理的矛盾,还不如在第一道关口就严防死守。但是他们恐怕没有想过,这一道关卡之下又会让社会上增添多少无证犬呀,实际上也是直接逼迫良民违法呀!

李仲琪为狗狗放下了董事长的尊严,赔着笑脸在那儿苦苦相求,还向人家诅咒发誓一定会文明养狗,却依然没有能够打动那芝麻绿豆官。

大半天过去了，眼看事情已经到了绝望的地步，突然峰回路转出现了生机。有位胖阿姨风风火火地走进来，李仲琪看见有些熟悉的，竟当作救命稻草一样赶紧迎了上去。

　　"咦，是李董事长啊，怎么有空来啊，有啥事体哦啦?"那个胖阿姨挺热情的招呼着。李仲琪赶紧像祥林嫂那样把来龙去脉重新说了一遍。

　　胖阿姨一边听一边客气地不住点头，待李仲琪叙述完了，扭头对那死死不肯盖章的人只简简单单说了一句话："江书记，她就是18号的呀。"

　　"哦，是18号的啊。"那个被称作为书记的干部脸上马上就显现出了笑容。显然，18号在这位江书记心目中并不是一个普通的门牌号码，而是一幢老洋房的代名称，虽然这里是一大片的老洋房区域，但许多老洋房里都已经拥挤不堪地居住着72家房客，无论是外观表象还是内部结构，老洋房的韵味早已荡然无存了，只不过是破落的贵族而已。

　　"喏，18号每次帮困捐赠都出手蛮大的，还助养了15号汽车间里的低保户呢。"胖阿姨还在热心地介绍。

　　"啊，是的，是的，那孩子叫李成，我已经赞助了好几年了，每学期1000元。隔壁弄堂的孤老生癌，我捐了2万元……"李仲琪平时为人是非常含蓄低调的，但那天她显然是有点急吼吼了。

　　"看你，做了这么多好事怎么不早说呢? 我才刚调来两个礼拜啊，人头还对不上呢。"居委会江书记脸上立刻堆满了更多的笑，而且门腔也调整得非常柔软，一边说一边就拿出那个象征权力的公章，连看也没看李仲琪他们的那份情况说明，就给盖上鲜红的大印了。

接下来赶紧求爷爷告奶奶攻克后面的程序,也许是江书记亲自打电话介绍起到的作用,派出所户籍警那里的养犬申请表格拿得非常顺利,邻居那头自然都还好说,到底都是相识几十年的老邻居了。

程馨予一直算是个品学兼优的好学生,然而那天她却死犟着要缺课,因为她要亲自去营救她的狗狗。说实话,程馨予心里还是有些七上八下的,担心最后的环节是否会卡壳,又担心会不会节外生枝,那些惨不忍睹的死亡集中营画面不停地在她脑海里跳出,与那条被烫伤的丧家之犬画面交替重叠。她不知道它是不是冷?不知道它是否有水喝?不知道它是不是很饿?不知道它有没有和其他狗狗打架?不知道它的伤势怎么了?

在那个姓王的狗司令的办公室,程馨予看到一个伤心欲绝的白领模样女孩在呜咽抽泣,漂染的非常考究到位的头发此刻却显得有些凌乱,眼影也因为泪水而弄花了。这女孩反反复复地向狗司令苦苦哀求:"我们家宝宝原来是一条苦命的流浪狗,自从收留他的那一天起,我就一直在想办法替我家宝宝办证的,可因为我的外地户口你们不让办啊!这次我已经和一位本地户口的朋友讲好了,她很愿意让宝宝的户口落在她家,求求你给苦命的宝宝一个活着的机会吧!"

"王司令,这个宝宝也实在太可怜了呀,你看这位小姐都这么伤心了,求求你开恩给他们一个机会吧。"程馨予忍不住上前帮腔。

"你是谁啊?来做啥?"姓王的狗司令转过脸看着程馨予问。

李仲琪赶紧上前谦恭地作了自我介绍,并把居委会的证明和养犬申请表递给了狗司令。

"哦。"狗司令一句多余的话也没有说,就开出了2000元的收费单。数完钱,狗司令就利索地开出了狗狗死亡集中营的领狗单。

"王司令,求求你帮帮这位小姐吧,给宝宝一个活命的机会呀!"程馨予抓紧机会再为宝宝求求情。

"你是不是吃饱了饭太空啊?赶紧去领你自己的狗吧!"狗司令有些不耐烦了。

出了狗办,外面是阳光灿烂的。程馨予紧紧揣着在狗办拿到的领狗单,心房的角角落落里都强烈感受到了太阳的辐射,心里暖洋洋的程馨予和老妈李仲琪马不停蹄往郊区的那个狗狗死亡集中营赶去。

然而不知是怎么了,车子离开狗狗死亡集中营越是近,程馨予心中的太阳却越是黯淡了起来。到了死亡集中营的大门口,程馨予心里的暖意突然逃得无影无踪了,那些惨不忍睹的画面又定格在她的脑海,她感觉到自己的脚有些发软。

四、
许你一个美好未来

　　李仲琪让女儿坐在车里等,程馨予先是点头同意了,但很快又摇头否定了,不,她要亲自去接出深受折磨的狗狗。程馨予镇定下来做了好几次深呼吸,毅然迈进了那扇网上广为传说的大门,是里面的狗狗给了她莫大的勇气。

　　哦,这个地方是那么熟悉而又陌生!超级浓烈的腥臭味扑鼻而来,几乎令程馨予窒息,那种夸张的感觉是她从娘胎生出来至今从来没有体味过的,浸泡在污水里的狗狗们拼命地往前挤,无数双渴望自由的眼睛狠狠地揪住了她的心,她不知道哪一条狗狗叫宝宝,但她知道大墙外绝对不止宝宝妈妈一个人在伤心欲绝,程馨予的心就像被撕裂开来那样生痛生痛,但是她无能为力,因为她手里只有一张解放证书!

　　不同时间不同地点抓来的狗狗是关在不同区域的,等着不同的主人在规定的时间里通过不同的渠道拿钱来赎回去,望眼欲穿的狗狗们并不明白是一个"钱"字让它们永远的和主人分离了,无家可归的小生命们悲哀地在死亡集中营里感受死亡的逼近。

程馨予的眼睛急切地搜寻着，终于看见了那条熟悉的丧家之犬蜷缩在角落里，再仔细看，看见了狗狗瘦骨嶙峋的背上那血肉模糊的烫伤痕迹，她的眼睛也忍不住模糊了。

程馨予为可怜的孩子起名叫小贝，她要做小贝的妈妈，没妈的孩子像根草，有妈的孩子像块宝。程馨予爱怜地从心底里给了它一个承诺，许给它一个美好的未来，是的小贝，你的噩梦从此结束了，我的孩子，你这一辈子都会有妈妈呵护疼爱！

"噢，小贝，我的小贝。"程馨予看着丧家之犬的眼睛，用这辈子最温柔的声音呼唤着它。

"……"但是丧家之犬迟疑着，因为它做梦也不会想到那样一个温馨的名字居然属于自己，更不会想到自己非但成了小贝，而且已经拥有了疼爱它的妈妈和外婆，更拥有了温暖无比的家。

"小贝，来，乖乖。"程馨予缓缓地向小贝伸出手，因为任何过大的动作都会让狗狗以为要伤害它，这是宽容在帖子里告诉她的。

跨过那道噩梦般的铁门，小贝在阳光下呼吸到了自由的空气，程馨予从包里拿出新鲜的鸡肉干放在地上，饿极了的小贝一口咬住居然嚼也没有嚼就往下吞，然后身子极其痛苦地往后缩，头颈拼命想往上挣扎，显然是被鸡肉条给噎着了。李仲琪赶紧拿出干净的水来喂它，看上去小贝感觉好些了，但不敢再让它吃鸡肉干了，便拿出几条火腿肠来喂，小贝也是咬到嘴里就急吼吼地猛吞。什么叫狼吞虎咽，从那时起，程馨予终于对这个词有了极其深刻的感性认识！

李仲琪刚打开车门，吃饱喝足的小贝就熟门熟路地跳上了车，在副驾驶的位置上乖乖地坐了下来。小贝的这一串熟练的动作表明，小贝原来的主人应该也是有车一族，但是小贝为什么会离开有车的主人过上了悲惨的流浪生活？是被主人狠心遗弃的？还是不小心走失的？人们无从知道它的历史。

程馨予坐在后排，能清晰地看见小贝乱糟糟的毛发里跳动着虱子，不由头皮一阵阵发麻，浑身忍不住奇痒，她自己也不知道怎么会有这分勇气的。

假如是以前，程馨予的反应一定是非常害怕。她从小看见毛茸茸的动物就害怕，那会儿还在美国，四周邻居养狗的非常多，程馨予遇着了猫猫狗狗的就赶紧躲老远绕着走。

但是自从成了香港明星张柏芝的铁杆粉丝之后，程馨予的态度居然立马有了180度大转变，因为偶像是香港小动物保护协会的爱心大使。程馨予先是张柏芝家的狗狗品种都能报出个名称来了，什么松狮啦金毛什么的，再接着是张柏芝家狗狗的小名都弄清楚了，什么 GIGI 啊 DUMDUM 啊，连张柏芝收留的流浪狗、残疾狗都知道……

偶像的感召力真的是无穷的，作为张柏芝中文网站的负责人，程馨予开始变得关注狗狗，尤其是对丧家的流浪狗狗，然而关注是关注的，但害怕也确实是害怕的，纯粹是叶公好龙式的关注，开始时她只敢站得远远的，买几串贡丸抽去竹签扔过去，渐渐地敢靠近些再靠近些了。

也许是那些美味火腿肠的缘故，也许是因为坐在熟悉而久违的车子里，也许是小贝知道李仲琪母女救它脱离苦海的，所以小贝的表现非常的温顺。

李仲琪发动了车子，身后的集中营越来越远了，程馨予的心却越来越痛，那些和小贝没有什么不同的无辜生命依然被关押在那里，它们自然永远都无法明白，为什么小贝可以胜利逃离苦海,而它们却只能绝望悲哀? 那无数双渴望自由的眼睛成了程馨予的脑屏保,这一辈子她都无法忘记那些眼睛。程馨予深信,假如有一天中国有了小动物保护法,那么这样的狗狗死亡集中营就一定会成为历史。

"这是条苏格兰牧羊犬,你不要看它现在这副邋遢相,其实它的种气非常好,绝对是赛级的,大约1岁多点。"宠物医院的医生说。

"哦,赛级的,可是这么纯种的苏牧怎么也会被人抛弃到街头流浪?"程馨予深感纳闷。

"前些年苏牧要买到上万元,狗贩子见利润丰厚便拼命繁殖,苏牧的价钱马上就跌到了一两千元一条。这条苏牧是得了皮肤病,要根治可能比买条苏牧的价钱还贵,狠心的主人就选择抛弃了它,这种事情我们宠物医院见的实在太多了,经常有不负责任的主人把病狗留在我们这里一走了之,因为与其花钱给狗治病还不如花钱去重新买条狗,这样还可以换个新鲜的品种玩玩。"

"可是狗狗是一条生命,不是人的玩具,人怎么可以这样随随便便扔掉一条生命再去买新的生命啊!"

"哎呀,这样的人不要太多哦,有些狗贩子专门收购那些杂种幼犬,也有的干脆自己大量繁殖幼犬,因为品种差,价格自然就很便宜,在街头几十元一只哄不懂的人去买,小奶狗看上去都非常可爱的,所以一时心血来潮买的人还不少,但小奶狗又特别难养,没经验的很容易养出病来的,既然是这么便宜买来的,许多人就不会把它们当回事,扔了就扔了。"

照理说烫伤的皮肤怕感染不能碰水,但小贝浑身的虱子让医生决定先给它洗澡剃毛,然后再消毒伤口,吊抗生素。整个过程,小贝一直非常乖非常配合,碰到伤处一定很疼的,但小贝却并不挣扎,实在忍不住了也只是很克制地哼唧几声而已。

输液管里的药水一滴一滴流进小贝的血管,它安静地待在不锈钢的治疗台上。小贝不会说话,但是它的目光紧紧盯着李仲琪母女,似乎那么急切地要牢牢抓住它的幸福。

每天中午,程馨予都要想方设法从学校溜出来,到医院带小贝去户外晒晒太阳,因为那是愈合伤口和治疗皮肤病的天然良药。一个月的相伴呵护,小贝那温柔中带着忧郁的眼神,强烈地催生了程馨予这个小妈妈潜在的伟大母爱,初为"狗母"的程馨予在养狗知识方面是一片空白,赶紧买来许多养狗的书籍恶补,好在李仲琪以前是养过狗的,还有些经验。

小贝出院回家的那天,李仲琪给它在外面花园里安置了一个宽敞的木质狗房子,新房子里面是柔软的狗窝窝和水,门是打开的,可以让小贝随意进出,还有在一楼和二楼的走廊里都放上了漂亮的狗窝窝。但小贝是很谨慎的,它非常珍惜这从天上突然掉下来的幸福,只敢在自己窝窝的周边区域走动,从来不敢单独到花园里的那个木质狗房子里去。

在李仲琪母女耐心的蛊惑怂恿下,小贝的活动地盘逐渐地扩大起来,它开始在一楼到三楼的各个房间里随意走动,甚至自由自在地到花园里嬉戏,但是胆小的小贝却从来也不敢让自己离开主人的视线范围。

有一次,程馨予逗着小贝玩,看见小贝开心地在花园里撒欢,她就突然闪进车库里,悄悄地在一个小孔里观察小贝的动静。小贝发现刚才还一起玩耍的妈妈突然不见了身影,先是呆呆地在那里愣住了,随即就飞奔到车库前,发出凄惨的呜咽声。

程馨予看到小贝难过的样子，赶紧出来迎过去。小贝看见瞬间失踪的妈妈出现了，高兴得咧开了嘴，不停地摇尾巴发嗲。程馨予紧紧拥抱着小贝，幸福得心痛，喃喃地对小贝说："小贝，妈妈以后再也不舍得和小贝开这样的玩笑了。"

五、
守不住的幸福

苏格兰牧养犬是大型犬种，小贝那身在阳光下闪闪发亮地漂亮毛发遮住了背脊上的累累伤痕，显得非常英俊潇洒。小贝喜欢隔着镂空工艺铁门看外面的风景，看上去绝对威风凛凛的，而它自己也成了弄堂里一道活动的风景，吸引了许多路过的人驻足观看或者逗引它，也有每天带着孩子遛弯来这里看小贝的。

"这狗狗会不会咬人啊?"总是会有人隔着铁门吓势势地问。

"不会的，大型狗只是看上去有些可怕，其实许多大型狗都是非常温顺的，对人也非常友好的。"程馨予想想自己以前怕狗狗的情景，所以每次都会耐心地甚至有些急切地向大家普及狗狗的知识。

离小贝获得新生周年还有一个半月的时间，程馨予就早已经迫不及待地开始隆重策划"小贝找到幸福一周年"的家庭派对和出游计划，然而苦命的小贝却没有能够等到那个隆重的家庭派对和出游计划变为真实。虽然程馨予在心里曾经给予它承诺，许它一个美好的未来，给它一辈子的呵护和疼爱。但是小贝终究没有能够

24

守得住它的幸福,也许是命中注定,小贝它是没有未来的。

噩梦是突然降临的。2004 年 8 月 9 日晚上 8 点 45 分,小贝并没有像以往那样欢天喜地冲过来迎接应酬回来的李仲琪。常规的程序发生了变化,李仲琪心里有些莫名的异样,不由一边大声地呼唤着小贝的名字,一边三步并作两步往女儿房间冲。正在做作业的程馨予听出老妈的声音有些不对劲,心里猛地"咯噔"了一下,立即摔了手里的笔,一个个房间搜索起来,声嘶力竭地叫着小贝,已经明显地带着哭腔了。当母女俩沮丧地在花园里会合时,谁都讲不出话了。

郑阿姨还不肯死心,又叫着小贝的名字到各个房间去查了一番。李仲琪母女俩心里其实都已经非常肯定,小贝应该已经不在这里了,否则它不会听不到主人的呼唤,闻不到主人的气息! 程馨予一屁股坐在花园的台阶上,忍不住抽泣了起来,李仲琪也红了眼睛。

程馨予家是独门独院的老式花园洋房,那扇大门平时一直是紧锁的,四周围墙也都是封闭的,只有镂空的铁艺门能看得见外面的风景,但就凭小贝的硕大体形是无论如何也没有本事从空档里钻出去的。结论只有一个:一定是有人偷走了小贝。李仲琪立即拿出手机拨通 110 报警台,电话接通了,素来能言善道的堂堂董事长却在说出"家里被偷了!"之后就哽咽了,在接警员的再三追问下好不容易才勉强说齐了家里地址。

警员倒是很快就赶来了,起先还算比较温和的:"好了好了,先别哭了,你们谁说说具体情况吧,家里有哪些东西被偷了?"

"是……"李仲琪张了张嘴,却还是哽咽地说不出话来。

"是一条公的苏格兰牧养犬被偷了。"郑阿姨看到李仲琪这样子,就赶紧回答警员。

"什么？你们打报警电话难道就是为了寻找一条狗？你们以为警察闲得没事干是吗?"那警员大为不悦，立刻变了脸色。

"正因为是狗狗被偷了，我们才报警的呀，虽然它只是一条狗狗，但怎么说这也是一条生命啊，就像我们的家庭成员一样！假如是台电视机什么被偷了，我们还真懒得报警了。"李仲琪一气愤，话倒也说得出来了。

"那好吧，我们先记录一下，一有狗的消息就会通知你们的。"那警员有些诧异地看了程馨予一眼，态度非常勉强地放软了些，但是询问很不耐烦，记录也做得很是潦草。只要不是傻瓜，谁都能看得出那警员纯粹就是在哄人，但对这你又无可奈何，要怪就怪这里还没有保护小动物的法律。

那一晚上，郑阿姨陪着李仲琪母女俩通宵未眠，她们把房子里的每一盏灯都打开了，黑暗中的灯火通明，寄托着母女俩梦一般的希冀，期盼着小贝的归来。

有位邻居提供了一条很重要的线索，说当时看见有个乡下人模样的人用白色的电线套着小贝的脖子从弄堂里走过，看上去小贝好像是很勉强地被拖着走的。因为一时吃不准究竟是不是小贝，而且没有看见人家偷的过程，所以也就是看了一眼没敢多说什么，但是邻居强调，他特别留意了那乡下人的长相特征，所以记得非常清楚，只要见着了就一定能够指认出来。唉，李仲琪听了只能叹口气，因为她没有权利去指责邻居当时为什么不拦住那人盘问一下，哪怕是远远地叫一下小贝的名字！电线套在脖子上，狗狗会有一种窒息的感觉，只有跟着偷狗贼乖乖地走，才能减轻那种非常难受的窒息感。

第二天一大早，李仲琪怀揣着当初千辛万苦才弄来的狗狗准养证，请一位和警方关系还比较密切的朋友陪同,赶往当地公安派出所打探消息。

"噢,原来昨天报警的就是你们啊? 你们可是创我们中国基尼斯记录了,因为从来还没有谁居然为了寻找一条狗打 110 的。"接待的警员根本没有办法理解。

那派出所里几乎所有的人都停下手里忙着的活,视线刷地聚焦在李仲琪身上,那眼神 MS 就像见着了怪物那样。看来这事儿已经像天方夜谭那样在小小的派出所里迅速传开了,其实也难怪,警察他们只是依着法执行公务的,这里不是还没有"小动物保护法"吗。

朋友又陪着李仲琪来到公安局的犬类管理办公室,那是给小贝发放准养证的机构,本来还指望办证时打在狗狗头颈里的那块电子芯片能为找到小贝起到点作用,但是看来这个机构对有证犬除了一年一度收取养狗管理费用之外,并没有开设犬主想象中的其他管理服务。

"我们的一个邻居看清楚了偷狗贼的长相,是否可以请你们刑事专家给偷狗贼画张模拟像?"李仲琪堆着笑脸提议。

"呃,事情恐怕还不好办,毕竟这也不是杀人放火的重大案件吧。"那警察好像挺为难的。

"哦,是这样的,这搞个模拟画像需要多少钱我们都愿意出。"李仲琪赶紧补充说。

"这个不是钱不钱的问题,而是我们不可能为一条狗去立案,既然不可能立案,那么一切刑侦技术手段都是不可能采用的。"

"那么我们暂且就不把一条狗狗当作生命来看,就把它当作一样价值多少钱的财产,或者干脆把它当成多少钱一斤的肉狗总行了吧? 国家不是保护人民群众生命财产安全吗,人民群众的财产被盗了,这样总可以立案了吧?"李仲琪说这话时,脸上还得强带着笑容,语气也必须刻意放得很缓和。

"对啊,你就给兄弟我这个面子,来个特事特办吧。"李仲琪的朋友也在一旁立挺。

"这个……要立案我还真的不能办,否则领导批评下来可吃不消啊,不过我一定关照手下的兄弟们尽量帮你留心查找好吗?"对方碍于面子也算敷衍了一番,但最终的结果当然是可想而知的。

六、
爱心涌动的宠物网

在我们国家,狗是什么 P 东西也算不上的,它是一条生命,但它却是被鄙视的生命,虐待它不会构成虐待罪,杀了它也不会构成谋杀罪;它是有价值的,从繁殖场里卖出去的那一刻是有标价的,但它连物品都算不上,偷条狗不会构成盗窃罪,甚至警方都不可能去立案。

三天过去了,李仲琪几乎把全公司的人都发动起来寻找小贝了,但是希望却越来越渺茫。伤心欲绝的程馨予在 MSN 个人设置上留下了"呼唤小贝的归来",联机的柏芝迷纷纷向她发出询问,于是她干脆在张柏芝中文网站上发出了致苏格兰牧羊犬小贝新主人的帖子:

尊敬的小贝新主人:

你好! 这么多天来,我吃不好睡不香,日夜思念着在你这里的苏格兰牧羊犬小贝。直到 2004 年 8 月 9 日我回家时,我依旧享受到了小贝摇头摆尾迎接主人的待

29

遇。然而有人悄悄地带走了在我家花园内嬉戏玩耍的小贝。

我的偶像张柏芝做过香港小动物保护协会的爱心使者，作为她的超级fans，自然而然地开始关注爱护狗狗。小贝曾经因为严重的皮肤病而遭主人无情抛弃，由宠物狗沦落为丧家的流浪狗，它身上累累的伤痕无言地控诉着流浪的苦难和人渣的暴行。当千辛万苦拿着小贝的解放证书把它从狗狗集中营营救出来时，尚未成年的我居然从内心深处涌动出一股强烈的母爱，我决意像妈妈那样呵护关爱它，无论何时何地，它永远是我的小宝贝。我知道，我和小贝从此有了一份精神契约，那就是包容、付出和责任。

三百多个日日夜夜，我和小贝相伴茁壮成长，感情日渐浓稠。突然遭遇分离的打击，对我无疑是极大的精神重创，我睹物思贝，小贝的身影、小贝的撒娇、小贝的温顺，深深萦绕在我心头，挥之不去，抹之不消。其实小贝又何尝不是如此呢？小贝不会言语，但是它懂得感情，看不到我的日子里，它也会伤悲！

尊敬的小贝新主人，我相信你是太喜爱小贝了，带走小贝只是情不自禁之举；当然也可能你是从他人手里买来的小贝，那一定是出于喜爱才买的。无论是哪种情况，其实你一定也是为了包容、付出和责任，所以会如同我那样善待小贝的。也许我们可以像亲戚那样走动，周末接小贝回来探探亲？当然前提是我会尊重你对小贝的爱意和拥有权。让我们一起祝福小贝！

祈请

理解

小贝的妈妈

2004 年 8 月 14 日

小贝的特点：

雄性,2岁左右,体重50斤,棕黄相间为主,四肢雪白,颈项和胸部雪白,竖耳,尖长嘴,鼻子上有指甲大胎记,腹部近后肢处皮肤有大片深色胎记,颈背部皮肤有烫伤痤愈后留下的疤痕。

程馨予还上传了许多小贝的图片,看见图片上小贝那熟悉的可爱身影,她忍不住鼻子酸楚。电脑背景音乐中张柏芝略带哽咽的"星语心愿"让程馨予的眼泪泻了下来,她点开视频画面,护士装束的张柏芝正抱着可爱的小老鼠轻轻抽泣,程馨予和自己的偶像泪眼相对。

帖子发出后,宽容SF跟进告诉程馨予："乐芝,把你的帖子链接到X宠物宝贝网去了,那里有一大批热爱小动物的好心人,也许我可以帮助到你。"

宽容平时在张柏芝中文网站潜水多发帖少,所以程馨予和他之间虽然互相加着MSN,但平时很少联络,只知道这是个申川人,在北京读大学。程馨予记得第一次知道狗狗死亡集中营就是在宽容的跟帖里,印象中那几个关于张柏芝收养流浪狗的帖子也是宽容发的。程馨予立即点开了X宠物宝贝网,找到了宽容发的链接,发现点击人气非常高涨,跟帖回复的网友们纷纷力顶,有深表慰问的,有询问详情的,有提供线索的,也有愿意帮助一起寻找的……许多人表示是流着眼泪看完帖子的,程馨予一页一页地翻看回复,也早已经是泪流满面。

程馨予拭去眼泪,打开MSN,发现朋友们的个人设置居然也大多变成了与小贝有关的祝福,眼泪不由再一次冲出眼眶滑落下来。正好在线的宽容迅速和程馨予打了招呼。

宽容·小贝快回来,不要让你妈妈心碎 说:

"乐芝,你好。"

乐芝·呼唤小贝的归来 说:

"你好,宽容"

宽容·小贝快回来,不要让你妈妈心碎 说:

"我远在北京不能直接帮助你,但是我已经发动我们 X 宠物宝贝网的人马今晚兵分四路去张贴寻找小贝的启事。"

乐芝·呼唤小贝的归来 说:

"谢谢大家,我马上去打印小贝的图片速递过去,地址呢? 找谁?"

宽容·小贝快回来,不要让你妈妈心碎 说:

"不用了,X 宠物宝贝网的 aigou 已经打印 N 多了,他是搞平面设计的,打印方便得很。"

乐芝·呼唤小贝的归来 说:

"那不好意思了,代我谢谢 aigou。"

宽容·小贝快回来,不要让你妈妈心碎 说:

"要么我把 aigou 也加入进来聊天,你直接对他说吧。"

乐芝·呼唤小贝的归来 说:

"恩,好的。"

aigou·祝福小贝 说:

"hi,乐芝你好,宽容说你是一个很有爱心的女孩♥"

乐芝·呼唤小贝的归来 说:

"hi,aigou 你好,你们比我更有爱心,感谢宽容为我打开了一扇窗,让我看到了充满爱心涌动暖流的 X 宠物宝贝网♥"

宽容·小贝快回来,不要让你妈妈心碎 说:

"对了,我已经把你和小贝的故事告诉申川新闻晨报的朋友了,晨报记者非常感动,他们特别赞同你的观点。👍👍👍"

乐芝·呼唤小贝的归来 说:

"我的观点? 哪个观点啊? 😣"

宽容·小贝快回来,不要让你妈妈心碎 说:

"饲养宠物其实就是包容、付出和责任。"

aigou·祝福小贝 说:

"最让人感动的是你对偷狗贼居然没有一句责备的话,只是发出了令人心碎的嘱咐,善待小贝。👍👍👍"

宽容·小贝快回来,不要让你妈妈心碎 说:

"如果你同意的话,我把你的 MSN 告诉记者,她想要采访你,估计是在后天的新闻晨报上发出来。"

乐芝·呼唤小贝的归来 说:

"那当然好,我怎么会不同意啊!"

aigou·祝福小贝 说:

"这可是个好消息啊,说不定真能帮助我们寻找到小贝的。"

宽容·小贝快回来,不要让你妈妈心碎 说:

"恩,是的,报纸一登出来肯定会有许多线索的,到时候乐芝你一定会忙不过来

33

的,千万记得让 X 宠物宝贝网的兄弟姐妹帮你哦。"

　　aigou·祝福小贝 说:

　　"乐芝,到时候你把线索发帖子上来,我们大家分头去核实。"

　　乐芝·呼唤小贝的归来 说:

　　"嗯嗯,好感动啊! 谢谢! ☺"

　　……

七、
鱼龙混杂的社会

新闻媒体非常醒目地作了连续报道,哇塞!效应之大出乎想象,一时间李仲琪母女俩的手机忙着天天充电,有一百多位热心人打电话来慰问或者提供线索,也有要送狗给他们的。

"我们小贝的鼻子上有小指甲那样大的一块白色胎记,嗯,也不是全白色,有点接近肉色吧,腹部近后肢处皮肤有蛮大一片深灰色的胎记……"

"呃,小贝非常聪明,会听命令坐下趴下,也会听命令和人握手……"

寻狗心切的李仲琪母女俩像阿毛他娘那样反反复复地向每个人详细叙述了小贝的点点滴滴特征。

"喂,李女士,你到了没有啦? 我看见我们邻居已经把狗狗牵出来遛了,你抓紧噢。"这位女士非常热心,下午打李仲琪手机说邻居家突然来了条苏格兰牧羊犬,看上去和报纸上的小贝有点像。

"哦,我正在停车,马上就到。"李仲琪一只手接电话,一只手打着方向盘倒车。

"我已经在 128 号门口等你了,你到了先不要声张暴露我哦,毕竟我们是邻居,以后碰面会很尴尬的。"对方关照说。

"好的,这我知道,只要确认是我们家小贝,接下来我自己出面去交涉为小贝赎身。"李仲琪说。

"我们会合之后带你去悄悄辨认,噢,我穿的是粉红色的运动装。"

"好的,我穿的是藏青色套裙,谢谢。"

李仲琪停好车,远远地就已经看到站在 128 号门口的粉红色运动装女士,对方也看见了李仲琪,嘀嘀,彼此像特工一样心照不宣地用眼神接上了头。

"保持一段距离,跟我来。"运动装女士压低了嗓门对李仲琪说。

李仲琪照着吩咐,保持距离跟着对方来到了小区的中心花园。

"注意,向左面看! 椅子后面的那条狗,你看看,是不是你们家小贝?"运动装女士说完掉头就离开李仲琪,向反方向走去。

其实李仲琪一进入小区的中心花园,就已经注意到了这条健壮的苏格兰牧羊犬,这是养狗人的一种本能反应,当然这不是小贝。也难怪,对于不养狗的人来说,同一品种的狗狗看起来就是没有什么区别的。

虽然有些线索的可能性微乎其微,但李仲琪还是坚持不放弃一线希望,每天驾着车在这个城市的东南西北核实线索。

那天晚上 5 点多,程馨予刚刚从学校食堂出来,突然接到一位小动物保护者打来的电话。

"喂,请问申川晨报上报道的丢失一条苏格兰牧羊犬的人家就是你们吧?"

"嗯,是的。"程馨予有些疲惫地回答。

"小朋友的名字是叫小贝吗?"

"哦,是叫小贝,是叫小贝,你有线索吗?"听到小贝的名字,程馨予的心开始激动起来。

"我们是一群小动物保护者,前几天在路上碰见一条流浪的苏格兰牧羊犬,就把它救下来了,给它起了个名字叫杰开。刚刚我们看见报纸上说你家丢失的小朋友叫小贝,所以就赶紧试着叫它小贝看看,发现杰开对小贝的称呼还是有明显反应的,这就马上打电话给你了,你赶快抓紧过来辨认一下,看看是不是你家的小贝。"小动物保护者说。

哦!对小贝的称呼有明显反应!程馨予感觉自己血液的流速迅速加快了:"噢,太感谢你们了,小贝现在在哪里呢? 我们怎么过去看它?"

"我们把杰开暂时寄养在一家宠物店里,地址是在沙飞路1099号。"

"这样吧,我们以最快速度赶到,谢谢了,太感谢了!"程馨予在电话里千恩万谢。

正在家里吃饭的李仲琪接到程馨予的电话,放下筷子就冲到车库发动了车子,顺路到大学载了女儿就走。路上母女俩一直在讨论,这次是对狗狗非常熟悉的小动物保护者提供的线索,而且测试下来对小贝的称呼有反应,看来希望非常大!

然而一踏进宠物店,李仲琪母女俩的心立即凉了半截,显然那条苏格兰牧羊犬也不是小贝! 但是想到这个可怜的小朋友像小贝那样失去了家,程馨予心痛不已地百般抚慰它。苏格兰牧羊犬这个品种是非常亲人的,马上就摇起尾巴和程馨予互动起来。

"这样吧,虽然杰开不是你们的小贝,但是我们也愿意把它交给你们来抚养,相信你们一定会非常爱它的,能遇上你们家是杰开上辈子修来的福气。"小动物保护者对李仲琪母女俩非常信任。

李仲琪和女儿商量了之后说:"这个小朋友看上去非常健康漂亮,应该不会是被主人遗弃的,相信杰开自己不小心走失的可能性非常大,如果是这样的话,它主人的心情一定是和我们现在一样的,说不定此时此刻,他们也正在寝食不安地寻找它,还是让我们一起帮助杰开寻找它的主人吧。这样吧,我先把杰开带回家照顾几天,然后托人去帮杰开测试一下电子芯片,这么个庞然大物一般应该是有证犬,顺着电子芯片的信息就可以帮杰开找到主人了。"

"这样太好了,就是要辛苦你们了,太感谢了!"小动物保护者说。

"不用谢的,你们也不是为了自己啊。"李仲琪说。

"这个……为了对杰开负责,我们还必须得跟你一起回家看看,而且还要请你出示一下有效证件,不好意思,希望你能够理解我们。"小动物保护者认真地说。

"哦,没有关系,这是完全应该的,我非常理解。"李仲琪说着出示了自己的身份证明。

杰开下车来到李仲琪家,心情似乎有些高兴,毕竟关在宠物店那个大笼子里是不自由的。程馨予在车子里一直温柔地抱着杰开的头抚摸,算是打下了点感情基础,此刻杰开就一直尾随着她。小动物保护者也放心地走了。

夜深了,程馨予安置杰开在小贝的地盘休息,自己和母亲也上楼休息了。母女俩刚刚坐定下来,就听到杰开在楼下狂叫,甚至发出一种像狼嚎一样的长啸,哦,以前小贝可从来没有发出过这样的声音。她们战战兢兢开了灯下去,发现杰开安静下来了。哦,可能不习惯黑暗,那就把灯开着吧,可是等她们上了楼,杰开照样发出了狼嚎的声音,天哪,这样恐怖的声音可真要把邻居吓坏了,母女俩又赶紧下楼去,杰开又安静下来了,几次三番这样重复,她们总算弄明白了,杰开是希望有人陪着它。好了,那一晚的睡觉自然是泡汤了。

周五下午程馨予没有课,就和老妈一起把杰开送到畜牧兽医站去测试电子芯片,李仲琪已经事先托朋友帮着联系好了。

畜牧兽医站的路是远了些,晕车的杰开在车子里呕吐得一塌糊涂。回来的路上,程馨予的心情有些阴冷,不是因为杰开弄脏了车子,而是因为杰开的头颈里根本就没有那电子芯片,也就是说杰开是一条可怜的无证犬。程馨予心里一声叹息,养着这么一个庞然大物却居然敢不办证,唉,说什么好呀,这家主人也真是的!

幸运的是那些小动物保护者最终还是为杰开找到了主人,杰开是因为受到鞭炮的惊吓而走失的。然而像杰开这样的幸运概率实在是太低了,在这片土地上,有多少无辜的狗狗就是因为没有准养证这个护身符,最终付出了生命的惨重代价,制造这些冤魂的人有没有听见来自天堂的哭泣……

大千世界里,人是各种各样的,程馨予因为小贝而提前接触到了这个社会里不同的人。

"你就是那个丢失苏格兰牧羊犬的主人吗?"有个电话打进来,开头倒和所有打进的电话一样没有什么区别。

"是啊,是啊,你好,你这边有什么线索吗?"程馨予赶紧问。

"你们丢失苏格兰牧羊犬的事情是真的吗?"那人问。

"当然是真的咯。"程馨予有些诧异,从来没有人这样问,但还是回答了。

"你们家的门是被撬了?"

"没有啊。"

"那你能告诉我,这么大的狗狗是怎么被偷出去的吗?"对方又追问。

"我不知道别人是怎么把我家小贝偷走的,警察也不知道。"程馨予确实不知道小贝是怎么被偷走的,大家都百思不得其解呢。

"那别人怎么相信你们家狗狗被偷是真的?"

"我们有小贝的准养证,还有小贝的许许多多照片。"程馨予吃不准电话那头是什么意思,但还是耐心地解释。

"那你的意思还是说,你们家狗狗被偷是真的?"

"那当然是真的!"程馨予口气有些急躁。

"要我告诉你我的看法吗?"

"我听着。"程馨予心里已经很讨厌那人了。

"好,那我告诉你,这是你精心编造的一个美丽的故事,也可以说是真实的谎言。"

"那只是你个人的想法而已,并不代表事实。"程馨予忍无可忍地挂掉了电话。

有位比较偏激的爱狗人士甚至在电话里直截了当地批评主人不负责任不配养狗,尖锐地质问"为什么你们没有把自己弄丢",甚至非常刻薄地建议主人好跳楼去了。当然免不了个别人渣也夹杂其中,除了好几个调戏的电话之外,还有一个非常诡异的电话打到了程馨予的手机上。

"从后续报道上看,有许多人要送狗给你是伐?"电话那头的人问。

"是啊,但是我们都婉言谢绝了,因为我们已经因为小贝的丢失而心力交瘁,暂时已经没有养狗的心情了。"程馨予还是那句重复了N遍的话。

"呃……那你想不想和我们做个交易呢?"那人又问。

"当然想啊,你快点说吧,怎么交易法?"程馨予以为是小贝落在了对方的手里,于是不假思索就回答了。

"你把所有送你的狗全部收下来,还有所有提供线索的你也全部去领回来,统统由我们负责来处理,我们可以和你合作。"那人说。

"那这样不是欺骗送狗人的感情吗? 而且所有线索都去领,那不就是冒领吗? 这样吧,我可以直接付报酬给你,你开个价钱出来好吗? 多少钱可以把小贝还我啊?"程馨予还是以为小贝在那人手上,脑子完全没有转过来。

"不是啊,你还是没有搞明白,你家的狗没有在我这里,我的意思是帮助你把这么多狗弄回来,然后由我们负责来全部收购,只要你手里拿了钱,现在什么样品种的狗买不到啊?"那人说起那么肮脏龌龊的交易居然还这么坦然。

"那,既然不是我们家的小贝,人家怎么可能同意让我去冒领呢?"程馨予平时一直喜欢写些东西发在个人博客上面,所以忍住厌恶故意问了一些细节。

"噢,这个不要太容易哦,我负责给你身上抹点发情的雌狗尿液,然后再在你口袋里装上一些味道比较强烈的狗零食,这样即使一大帮人一起去,雄狗也会直接奔你而来的,那时你就赶紧亲热地用手往它脖子上肚子上抚摸,嘴里要宝宝囡囡地拼命叫,乘机给它吃零食,但不要让别人发觉你在给狗狗吃东西了。那时候现场效果绝对好极了,任何人都会认定你就是狗主人。"那人以为程馨予感兴趣了。

"那为什么要叫狗狗宝宝囡囡呢,它以前一定有自己的名字啊?"程馨予有些纳闷。

"不管那狗它以前叫什么名字,只要是家庭饲养的宠物,80%以上被人叫过宝

41

宝囡囡,一般都是主人最喜欢它的时候这样叫的,而且这些狗狗都应该是有些时候没有听见这样的称呼了,它们一定会对宝宝囡囡的称呼感到非常亲切的。"那人有些得意了。

"那么我给狗狗吃东西的时候怎么样才不会被人发现呢?"程馨予故意问。

"你给狗吃的必须是火腿肠之类的软食品,弄得小一点藏在手心里,记住,你要在摸狗狗下巴的时候乘机让它吃,很小一点软东西狗是嚼也不嚼就吞下去的,而且你又是近距离在和它玩,别人根本不会发现的,到时候我会让你专门练习几次再去的。"那人好像已经不是第一次干这活儿,显得非常专业。

"哦,这样做好像不太好哎,我看还是算了吧,这事要是让我老妈知道了绝对要骂死我的。"程馨予不想再和这种人周旋了,就举着母亲的幌子草草把人给打发了。

李仲琪母女俩怀着感恩的心态对待每一个热心人好心人,虽然自己心情非常糟糕,但还是无言地承受了那位偏激爱狗人士的责备,毕竟人家的出发点也是爱狗嘛。对于那些不怀好意的人渣则坚决不予理睬。

八、
乐帝融入了充满温馨的家庭

无论 X 宠物宝贝网的网友和新闻晨报的读者如何使劲地帮助程馨予，最终还是没有找到小贝，但是程馨予却由此结识了一批充满爱心的兄弟姐妹，还引出了一段佳话。

媒体连续报道之后，全国各地有 46 位好心人要送狗狗给她们，而且都是非常名贵的品种，李仲琪母女一一婉言谢绝了。那天，为四处寻找小贝已经疲惫不堪的程馨予刚跌坐在沙发里，手机响了，一接听又是要送狗狗给她的。所以程馨予又将和其他人说过的 N 遍话重复了一遍："非常感谢你的慰问，也感谢你要送狗狗给我，但是我现在的心情很糟糕，暂时不想再养狗了。"

"这个……我们家乐帝和你家小贝的照片很像，只不过你家小贝是大型犬，而我家乐帝是喜乐蒂牧羊犬，属于中型犬，我觉得你一定会喜欢的，你还是来看看吧。"

程馨予还是一再表示谢意，同时还一再婉言相拒。但是没有想到这位叫赵万

43

强的先生却非常执着,下午又打来电话邀请程馨予去看看,程馨予只好让 aigou 陪着去看看了。

到了赵万强先生的小区,程馨予一眼就看见一条黑白黄三色相间的喜乐蒂牧养犬在碧绿的草地上奔跑,因为是走弧线,速度又超快,身姿就倾斜的非常厉害,看上去优美极了,那长相和小贝真的是一模一样,简直就是小贝的缩小版。

程馨予那颗被悲恸环绕的心,就如同一直沉浸在阴愁之中突然遇见了一缕阳光,她忍不住抱起乐帝贴着它的脸颊,鼻腔里一阵酸涩涌出来。

"喜欢吗?"赵万强的声音好像是从很远的地方传来的。

"恩,喜欢,非常喜欢!"回过神来的程馨予意识到自己的失态,赶紧点头。

"既然喜欢,那就把乐帝抱回去吧。"赵万强微笑着说。

程馨予这才仔细端详起眼前的赵万强,发现这位年龄在叔叔级的先生长得帅极了,她想了想便问:"看得出来你也非常喜欢乐帝,要是我把乐帝抱回去了,那么你不是要伤心了吗?"

"是啊,我当然也很喜欢乐帝呀,它可是我儿子赵海天的心肝宝贝哦,但是海天到西藏去支教了,而我工作又非常忙,乐帝在我们家整天关笼子,实在是太让它受委屈了。我看了晨报的报道,知道你非常爱狗,所以我相信乐帝到你家一定会开心的,在自己没有能力让狗狗幸福的时候,为它去寻找一个好人家收留,这也算是为乐帝负责吧。"赵万强很认真地解释着。

"那……你儿子怎么可能会同意把心肝宝贝送给别人啊?"程馨予紧紧抱着乐帝,心无疑有些动了。

"我让海天他自己到网上搜索晨报的报道,他看了也很受感动,感觉真的是为乐帝找到了好人家。只是我儿子再三关照了，如果你养下来觉得乐帝不如小贝乖，或者是你觉得有任何不合适的地方，那就请你马上再送回我们。总而言之，我们都要尽最大可能考虑乐帝的利益。"赵万强说得非常诚恳。

"这个……要么我先把乐帝带回去，如果没有乐帝在你觉得不习惯，或者你儿子回来改变主意了，你们也可以再把乐帝领回去的，就权当在我这里临时寄养。"程馨予说。

赵万强亲自把乐帝的笼子、狗粮、零食、玩具送到了程馨予家，就好像是乐帝的"陪嫁"似的。临走时，赵万强还把儿子赵海天的 MSN 地址抄给了程馨予。有时候，负责任的放弃也是一种道德。

李仲琪母女俩吸取了小贝丢失的惨痛教训，赶紧让公司的工人在花园围墙上装了红外线监控探头，又在一楼的两端安了视频探头，每当放乐帝出去玩耍时，必定得有个人陪着它，绝对不敢让乐帝单独去花园。

乐帝的到来，极大地抚慰了李仲琪母女受伤的心灵。失去小贝的悲痛，使得李仲琪母女和郑阿姨加倍地宠爱乐帝，乐帝的一举一动都会让大家情不自禁追忆起乖巧可爱的小贝来，难免看见了新狗笑就想起旧狗哭。

李仲琪母女把花园里的狗狗小木屋移进室内的走廊里，程馨予更是直接把乐帝弄到卧室随着自己睡，从来没有享受过这种待遇的乐帝开始显然有些受宠若惊，但很快就融入了这个充满温馨的家庭，享受起浓浓的爱意。

九、
幽怨的眼神里流露出深深的敌意

那天半夜里,程馨予是被睡在一旁的乐帝突然蹭醒的。毕竟彼此已经朝夕相处一年多了,乐帝的非典型状态让睡眼惺忪的程馨予只迷糊了几秒钟便意识到有情况发生了,立刻吓晕了,连大气儿都不敢喘。

但是除了乐帝的躁动声和外面花园里沙沙的朔风冬雨声之外,程馨予并没有听到其他什么动静。乐帝看见妈妈醒了,就赶紧跳下床冲到了窗台前。

借着庭院灯透进窗户的淡淡光影,程馨予看见乐帝急急地用两只前爪搭在窗台上,朝窗外发出非常低沉的吼叫,然后又奔回来跳上床向妈妈作出示意,接着又冲到窗台前,反复地交替进行。程馨予心想,肯定是有外敌入侵乐帝的领地了,不由心怦怦地直跳,慌忙按内线告诉睡在隔壁的母亲李仲琪。

"郑阿姨,郑阿姨,刚才花园里的监控有没有报警啊?"李仲琪的内线叫醒了在亭子间睡觉的保姆郑阿姨。

"没有啊,李董,我好像没有听到报警器叫啊。"突然被叫醒的郑阿姨吓了一跳,一边接电话一边揉着眼睛查看监视器屏幕。

"噢,郑阿姨,那你赶紧看一下监视器上有什么情况吗?"李仲琪说。

"我已经在看了,什么情况也没有啊,怎么啦,李董?"郑阿姨有些纳闷。

"肯定没有情况? 可是乐帝的反应很不正常啊。"李仲琪急急地追问。

"肯定没有,李董,两个屏幕上都是空空的呀,"郑阿姨在内线里听到了乐帝的低吼,也觉得奇怪。

"那……馨予、郑阿姨,我们下楼去看看。"乐帝的临战状态给李仲琪壮了胆。

程馨予轻轻打开门,首先是乐帝"嗖"地一下蹿了出来,直冲一楼去了,李仲琪手里拿着一个木头衣架也跟了出去,在亭子间门口和郑阿姨会合了。

大家查遍了楼下所有的门锁。大厅通向花园的门,紧锁着;走廊通向花园的门,也锁着;从走廊通向厨房的门以及厨房通向天井的门,都好好的锁着。乐帝还是烦躁不安,并且用前爪去抓通向花园的门,显然敌情是在花园里头,但外面黑漆墨脱的,还下着雨,李仲琪还是有些害怕的,毕竟这家里头没个男人。

程馨予抱着乐帝一起挤到了李仲琪的卧室。程馨予先压低嗓音但不失严厉地警告说:"乐帝,别叫!"然后又抚摩着它的腹部换上温柔的语气说:"小乐帝乖乖,小乐帝不叫。"

迫于妈妈的恩威并施,乐帝总算勉强安静了下来,但耳朵却依然竖立着,始终保持着足够的警惕。看见乐帝的戒备不消除,母女俩心里就不敢有所松懈。

浓黑的夜色像遇着了水那样,渐渐地化开了,透过密密的雨帘,已经能依稀分辨出花园里的草木了。程馨予再次倚窗用目光细细巡视了花园,当她收回余光的瞬间,突然感觉花园东南角的茶梅下有些异样,定神看,果然茶梅的轮廓有些不太清晰,再定神看,程馨予突然明白乐帝焦躁不安的原因了。

程馨予转身冲到自己的房间,拿了望远镜又冲了回来。这下看清楚了,蜷缩在茶梅底下的果然是条狗狗!看似灰色的,又像是淡黄的,她举着望远镜,镜头收近再收近,心猛地被揪紧了,狗狗的身上好像有些血肉模糊!很快,望远镜里什么都看不见了,她情不自禁洒下的泪水让玻璃镜头起雾了。

程馨予让李仲琪看着乐帝,自己拿个盆子胡乱抓了些狗狗零食,急急忙忙地到花园里去了,连雨伞也顾不上打。

几乎奄奄一息的狗狗用力撑起头,恐惧万分地注视着正在靠近过来的人,身上还在渗血,湿透了的身子在簌簌发抖,幽怨的眼神里流露出对人的深深敌意,程馨予竭力用最温柔的声音来和它打招呼,却依然无法消除狗狗心中的敌意。

程馨予不敢靠近也无力再挪步,只好动作轻缓地把食盆放在地上。狗狗倒并不急着过来吃食,细雨中,它顽强地挺起头,警惕地与人对峙着。程馨予退后了几步,又退后了几步,直至退到楼里狗狗看不见的地方,它才开始非常谨慎地向食盆靠拢。程馨予透过窗户发现,狗狗是拖着后腿爬行的,而且爬得非常艰难。

就程馨予跑到李仲琪房里这点工夫,狗狗却已经把盆子里的食物一扫而光了。李仲琪母女俩打开阳台窗户呼唤狗狗,也许是因为饱享了美味食物的缘故吧,狗狗眼睛里的敌意消减了许多,但那份警惕性却依然很强。母女俩知道伤痛在折磨着狗狗,却又不知道如何才能靠近它,更不知道如何来救助它!心痛万分但又万般无奈地看着它继续淋雨,继续发抖。

程馨予回到房间,甩掉淋湿了的棉睡袍,随手就打开电脑进入张柏芝中文网站,想找个人商量商量。但是程馨予发现居然没有一个 CF 在线,进入 X 宠物宝贝

48

网,居然也没有一个狗友在线,QQ 和 MSN 上也是空荡荡的,这才醒悟过来现在是清晨 4 点多,当然大家都在梦里,而不在线上。

直到天彻底大亮,MSN 上还是一片咖啡色的小人头,没有人联机,程馨予怎么拨宽容的手机都是无人接听。

十、
心中的感动好似潮涌一般

李仲琪因为要赶飞机去美国,已经在用早点了,她嘱咐女儿:"既然是撞上门来了,那我们可不能不管,无论花多少钱也要想办法救救它。"

正说着,宽容的电话回拨进来了:"不好意思哦,刚才遛狗没带手机,没想到你一大早会找我,现在这时间应该是你的凌晨啊?"

"哎呀,跟你说正经的,我家花园里来了条流浪狗,看上去伤得很重……快点噢……我等你过来想办法……"程馨予说。

李仲琪感觉到女儿和那个ID叫宽容的男孩关系非同一般,她是从女儿对宽容那种通话口气中轧出苗头来的。于是她装作若无其事地对女儿进行旁敲侧击:"宽容是谁啊? 他来能行吗?"

"宽容在北京读大四,所以你没有见过,现在正好回申川实习,这人绝对有本事,是侠骨柔肠的那种,他救助了许多小动物……"程馨予对宽容超有好感,李仲琪不用密码就能破译出女儿藏于心中的秘密了。

李仲琪的汽车刚开走,宽容就开着助动车赶了过来。郑阿姨看得出这小伙子很有爱心,他和程馨予靠近那条流浪狗后,不停地用非常温柔的语气和狗狗交流着,拿出香味扑鼻的零食放在手心里伸过去喂它,手背朝上试探性地去触摸它的鼻子,看到狗狗的小尾巴开始友好地摇动了,宽容便乘机轻手轻脚地把它抱了起来。

　　郑阿姨非常惊讶,虽然小狗满身的泥泞和血污,但宽容却没有丝毫犹豫地让小狗紧贴着自己的胸怀,百般安抚。

　　宽容抱着小朋友慢慢走入室内,程馨予拿来电吹风想替它吹吹干,岂料一打开吹风机,小朋友马上又表现出惊恐万状的样子。

　　宽容连忙摇摇头说:"它背上的这一个个洞都是香烟屁股烫出来的,热风直接吹会越发灼痛的,而且小朋友听到吹风机的声音可能有些害怕。这样吧,我们先用干毛巾来吸水,然后再换卷筒纸来吸干。呃……要不把空调温度开高一些风量大一些,好吗?"

　　程馨予眼睛里蓄满了泪水,她实在想不明白有的人为什么会有这么残忍?而且她已经在许多宠物网上无数次地看到这样的残忍了!愤懑难抑的程馨予到楼上拿了照相机,拍下了宽容怀里惨不忍睹的小朋友,她迅速打开了好几个宠物网,同时发出了"我们生活在如此残酷的世界!"的帖子。各个网站的网友们很快就有了回应,纷纷谴责人渣犯下的暴行,更多的则是呼唤中国小动物保护法早日出台。

　　程馨予突然想起老妈的车到机场去了,一时半会回不来,通常出租车是绝对不肯搭载这种肮脏不堪的流浪狗的,于是赶紧又发了个新帖上去:"马上要送又脏又臭的小朋友到医院去治疗,谁愿意出下车?"一下子七八位有车族网友争先恐后跟帖愿意出车,木老头、叮叮妈妈、小新妈妈、西莱……赞一下,别看这些开着香车的

51

美女帅哥平时一个个打扮新潮入时,但是却丝毫不在意流浪狗的又脏又臭,这样的活儿居然还常常抢着干。

程馨予选择让最近的小新妈出车,可是到医院时,许多宠物网的兄弟姐妹都已在那儿等候了。

小朋友的背上布满了香烟烫出来的小洞洞,已经有些溃烂化脓了,甚至还有蛆在那儿蠕动,身上居然有7处刀伤,好在刀口都不太深,X光显示小朋友的右后腿有2处骨折了,万幸的是医生说暂时还没有发现什么内伤。

也许是因为法律真空的原因,也许是管理部门失控的原因,在这块土地上,狗狗的医疗费用通常要远远比人的医疗费贵得多,而且经常是贵得让人目瞪口呆的那种。虽然医院感动于大家救助流浪狗的那份爱心,已经为治疗费打了折,但依然是不便宜,守候在那里的兄弟姐妹不由分说就将那笔不菲的医疗费分摊承担掉了。

宠物医院的便条纸记载下来了这样一份捐款名单:

木老头　　　　100元

叮叮妈妈　　　200元

小新妈妈　　　100元

西莱　　　　　100元

大豆妈　　　　300元

宽容　　　　　100元

Aigou　　　　 100元

67　　　　　　300元

乱头发　　　250 元

迷惘　　　　100 元

......

　　程馨予怎么拦也拦不住大家这份火热的心,珍藏起这份凝聚着爱心的名单,大为感动地为小朋友起名叫众众,因为这已经是大家的众众了。

　　憨厚的乐帝马上就闹明白了,众众是妈妈领回来的小朋友,而不是一个侵犯领地的闯入者,所以很快就接纳了众众。事实上自从乐帝来了之后,这个家已经周转寄养过 N 多流浪小朋友了,都是宠物网兄弟姐妹救助的流浪狗,直到救助人费尽千辛万苦替它们物色到好心的收养人后才离开。

　　在众众养伤的日子里,宠物网的兄弟姐妹经常结伴来探望小朋友,家里的狗狗营养品已经堆成了小山,程馨予又把这些狗狗营养品转送给了基地的狗狗。

　　宽容更是天天来报到的。程馨予没有父亲,也没有兄弟,她万万没有想到一个男人居然可以如此细心、如此耐心! 每当看见宽容如同慈父般地呵护众众,程馨予就会静静地欣赏着享受着,心中的感动就好似潮水一样涌出来。

十一、
流浪狗领养甄别秘诀

李仲琪刚从美国回来,乐帝摇头摆尾地向外婆发嗲,众众也不怕陌生地上前争宠,两小子追逐打闹成一团。要不是亲眼所见,她怎么也无法把临走时看见的那条惨不忍睹的流浪狗与眼前健康活泼的众众联系在一起。

李仲琪悄悄地听了郑阿姨的密报。她注意到,郑阿姨言语之间已经明显地带有倾向性,甚至把"宽容这孩子心好"这句话重复了 N 遍,看得出来郑阿姨对这男孩印象非常不错。

那一晚,乐帝、众众还有程馨予都挤在李仲琪的卧室里。两小子皮了一会儿,乐帝和众众就在各自的棉窝窝里睡着了。程馨予向李仲琪介绍着奇迹是怎么发生的,几乎是有些喋喋不休。

"……宽容他……宽容他……后来宽容他……"宽容这两个字出现频率之高,令李仲琪深信:宽容这男孩已经彻底俘虏了女儿程馨予的心。

其实,李仲琪在看到宽容的那张照片起,就已经对这男孩很有好感,那画面让她深受震撼:宽容心痛万分地把满身泥泞血污的众众抱在怀里。这样的男孩从心底里散发出善良的气息。

康复了的众众看上去是那么可爱,而且曾经流浪过的狗狗非常珍惜人们的宠爱,那双眼睛始终盯着人看,很会鉴貌辨色,显得非常乖巧机灵。

X 宠物宝贝网的兄弟姐妹又开始为众众寻找领养人忙乎开了。网上发帖自然不用说,最近网友 2666 又利用自己的无形资产开辟了一个新的寻找领养渠道,在新闻午报的宠物专刊版面刊登待领小朋友的图片和消息。

虽然曾经受网友的委托,程馨予既做过领养人的面试甄别,也做过被领养小朋友的回访考察,但没有从头到尾完整地做过一回领养。对安排领养已经熟门熟路的 aigou 在 MSN 上向程馨予传授经验。

aigou·众众一定会有家有父母 说:

"为了对得起我们千辛万苦救助成功的小动物,最大程度地保证领养取得成功,就必须对领养人进行严格甚至是苛刻的甄别。首先一定要坚持确定领养人必须为狗狗办证。"

乐芝·众众想要有个家 说:

"可这点恰恰是最难的啊,许多人不愿意花这么大一笔钱去为流浪狗办证,毕竟又不是什么名种犬咯。"

aigou·众众一定会有家有父母 说:

"不管流浪狗还是名种犬,它们同样都是一条生命,那笔办狗证的钱起码能够保证它不会受到来自 DGD 的生命威胁,而且领养人肯为一条流浪狗去办证,一般来说都是应该比较负责任的那种人。"

乐芝·众众想要有个家 说：

"我倒宁愿先替众众办好证再找领养,那样众众被领养的机会肯定就大一些。"

aigou·众众一定会有家有父母 说：

"那是你一厢情愿的美好愿望,当然我也希望这结果是美好的。"

乐芝·众众想要有个家 说：

"人是有感情的,等领养人一年养下来肯定会和众众难舍难分了,自然会心甘情愿为狗狗办一张护身符的。"

aigou·众众一定会有家有父母 说：

"人是会有感情的,但也不是绝对的,因为我曾经看见过太多对小动物无情无义的人。"

乐芝·众众想要有个家 说：

"这倒也是,上次我和薄荷酒一起去面试甄别的那位领养人,明明信誓旦旦说得花好稻好的,可最后居然养得一塌糊涂,说不要就不要了。"

aigou·众众一定会有家有父母 说：

"所以考察时千万要脸皮厚点,一定要尽量多问些问题,职业? 是否外地人? 住的房子是产权房还是租赁的? 另外还要考虑对方结婚与否。"

乐芝·众众想要有个家 说：

"我知道了解职业很重要,那是为了知道领养人是否有稳定可靠的收入,这关系到被领养小动物的幸福。但是我们也不能搞地域歧视啊,各个宠物网里面外地人捞捞一大把,不都是非常爱狗的好心人吗,不要一竿子打翻一条船的人好伐。"

aigou·众众一定会有家有父母 说：

"这与地域歧视绝对无关，我的意思是，在申川做事的外地人万一要离开申川了，他领养的小动物该如何处理，这个必须是在事先考虑好的，否则对领养的小动物是不负责任的。"

乐芝·众众想要有个家 说：

"有道理！不过领养人住的房子有没有产权，这和小动物无关了吧？我理解你的心情，但是我们要求太高了，寻找领养源也就非常困难了。"

aigou·众众一定会有家有父母 说：

"领养人住的房子有没有产权当然和领养狗狗有很大关系，如果是租的，那就必须得征求房东的意见，而且在换租房子时如何为领养的小动物负责？这些都是必须事先考虑的问题。"

乐芝·众众想要有个家 说：

"那么结婚也是甄别的要素吗？你我都还没有结婚，但这不影响我们非常爱狗。"

aigou·众众一定会有家有父母 说：

"非但要问领养人是否结婚了，如果没结婚，那还要问是否有女朋友或者男朋友？如果有女朋友或者男朋友的话，那么是否同居了？如果是和其他家庭成员住在一起的话，那还得了解其他家庭成员的情况。如果是已婚的，要了解有没有小孩？"

乐芝·众众想要有个家 说：

"这好像太八卦了吧，我怎么问得出口啊，换了我肯定也不太愿意回答的。"

aigou·众众一定会有家有父母 说：

"但是这很重要啊，如果领养人没有结婚，那么他父母是否同意领养小动物呢？如果有男朋友或者女朋友的，那得弄清那一半的态度。如果是同居的，那万一分手了，领养的小动物归谁负责？有许多人没有孩子时养条狗解闷，一旦自己怀孕了，就会借口为胎儿好而把狗逐出家门。还有那种现在暂时没有谈恋爱的，可是一旦恋上了，而且假设那男朋友或者女朋友是不喜欢狗狗的，那领养人又该如何？如果你不愿意自己耗尽心血救助的流浪狗再次流落街头，那么这些问题是一定得弄清楚的。"

乐芝·众众想要有个家 说：

"……听你这一讲还真有道理！"

aigou·众众一定会有家有父母 说：

"快别表扬我了，这些都是记忆深刻的惨痛教训，有些是用小朋友的生命换来的，这样的教训只要你经历过一次，相信你也永远不会忘记的。对了，还有领养人是否有过饲养宠物的经验，这也很重要。"

乐芝·众众想要有个家 说：

"……五体投地的听你讲！"

aigou·众众一定会有家有父母 说：

"如果养过的，听听他过去是怎么养的，如果他过去的饲养是有问题的，那么就向他灌输一些科学饲养的知识，看他是否能接受，如果对方不以为然，那就只能放弃。"

乐芝·众众想要有个家 说：

"OK! 👍"

aigou·众众一定会有家有父母 说：

"还有过去养的宠物怎么啦，如果是死了，要弄清楚是怎么死的，如果生病死的，那么当时是怎么医治的，从领养人回答这些问题的态度中，你一定会得出自己的结论。"

乐芝·众众想要有个家 说：

"很受用的！👍👍"

aigou·众众一定会有家有父母 说：

"如果过去从来没养过宠物，那除了告诉他科学饲养的知识之外，还要实事求是地告诉他养宠物可能带来的种种麻烦。你千万不要怕打击了领养人的积极性，其实要打退堂鼓那也是好事，如果等领养之后再打退堂鼓的，小动物的心灵会很受伤害的。"

乐芝·众众想要有个家 说：

"OK, again! 👍👍👍"

aigou·众众一定会有家有父母 说：

"sorry, 没有 again 了。我滴完了瓶子里的最后一滴水。"

乐芝·众众想要有个家 说：

"准确地说，你滴出来的融合着浓浓爱意和惨痛的血！"

aigou·众众一定会有家有父母 说：

"可以这么说。"

乐芝·众众想要有个家 说：

"与君一席谈,胜读十年书啊。"

aigou·众众一定会有家有父母 说:

"嘲我是伐？🌑"

乐芝·众众想要有个家 说:

"NO,那真的是发自内心的感觉。"

aigou·众众一定会有家有父母 说:

"对了,什么时候去替众众办证？我陪你一起去吧,让我也出点钱吧。"

乐芝·众众想要有个家 说:

"明天就去,钱就不用了。"

aigou·众众一定会有家有父母 说:

"那需要我过来陪你一起去吗？"

乐芝·众众想要有个家 说:

"看你方便吧,明天宽容也来的。"

aigou·众众一定会有家有父母 说:

"那我一定来,你看几点来合适？"

乐芝·众众想要有个家 说:

"我让宽容9点半到我家的。"

aigou·众众一定会有家有父母 说:

"好,那明天上午9点半见。🙂"

aigou 是个害羞的男孩,见了女孩会脸红,但是聊起救助狗狗却很老练。

李仲琪第二天起来听说宽容和 aigou 要来陪程馨予替众众去办证,便撂下公司一大堆事情,找了个理由留在家里,因为她想亲眼看一看这位占据着女儿芳心的男孩,搭一搭宽容的脉搏。

门铃刚响起,程馨予便急冲冲追着郑阿姨出去说:"是宽容,我去,我去,我去开门。"

乐帝和众众也紧随着程馨予迎了出去。

从窗前看到宽容和 aigou 是一起到的,李仲琪抬腕看表,时针精确地指在 9 点半,看到他们这么准时,不由脸上露出了赞赏的微笑,她最深恶痛绝的是国内许多人的不守时。估计女儿已经把他们迎到了厅里,李仲琪款款地下楼,在厅门口用指背轻弹了几下,顿了顿才推门进去。

两个大男孩和乐帝众众扭作一团玩耍的非常开心,见李仲琪进来,立即收敛地站起来。玩兴正浓的乐帝和众众却不乐意马上急刹车,扑着跳着要让两大男孩继续玩。

宽容一边轻拍小朋友的脑袋,让它们安静下来,一边身体非常恭敬地向前倾了倾和李仲琪打招呼:"阿姨,你好,我是宽容!"

"哦,宽容你好!"李仲琪很满意地向宽容伸出了右手。

"谢谢阿姨哦!"宽容很有分寸地轻轻握了一下李仲琪的手,客气地说;"众众在你们这里添了好多麻烦。"

"这话说反了吧,众众又不是你弄到我这里来的,它既然到了我们家就应该是我们家的责任,倒害得你们忙里忙外的,实在不好意思了。"

"嗨,大四现在这一段正好不是很忙。"宽容说着感到脸上一阵发烧,毕竟这次的救助不像以往那么纯粹,心里蒙蒙眬眬地怀着一丝希冀,所以听了表扬倒有些不自在。

李仲琪侧过身向另一位伸出了手,aigou 羞涩地叫声阿姨,有些局促。李仲琪善解人意地起身说:"好,两位,我楼上还有些事,众众就辛苦你们了。"

"噢,我们时间也差不多了,谢谢阿姨特意为我们派车。"宽容赶紧站起来说,那嘴巴特别甜,让人感觉就是舒心。

十二、
心里空荡荡的

虽然宽容是在张柏芝中文网站注意到乐芝的,但他其实并不迷恋什么歌星影星,开始只是为了应付撰写专栏文章所需要,随意找个影迷网站去浏览一下的,有一次便随手发了个张柏芝收养流浪狗的帖子,没有想到引来了 Cecilia fans 的极大关注,点击率直线上升。

以后好久,宽容都一直没有上过张柏芝中文网站,那天真的是非常偶然,也许这就是一种缘分,他没有任何目的就莫名其妙打开了张柏芝中文网站,看到了乐芝的"致苏格兰牧羊犬小贝新主人"帖子,他的心被牵动了,为苏格兰牧羊犬小贝的命运,为乐芝的单纯善良可爱,忍不住有感而发就跟了帖,开始时,宽容纯粹是想要帮助乐芝寻找小贝。

但是后来,宽容渐渐地被乐芝所吸引,以至于被吸引到回申川过寒假,这样可以和乐芝多一点线下的接触。然而和乐芝线下一接触,宽容有些气馁了,人家花园洋房宝马汽车,和自己明显不在一个档次上的嘛。

是众众成了自己和乐芝的桥梁，他给予众众像其他流浪狗一样的关爱，而众众也回报给宽容难以寻觅的机遇，宽容决心锁定目标随时出击。宽容经过一个多月的努力，终于物色到了两个看上去都相当不错的领养源。

一位是 ID 叫罗西的男孩，在外企做法语翻译，腰包还算蛮坚挺的，他非常愿意为众众办证。这男孩身上还有个感人的故事，罗西他刚刚在网上爱上一位很有才气的女孩，但那女孩因为患上糖尿病而有些悲观忧郁。罗西决心帮助女孩振作起来，他在网上看到人和狗狗亲密接触有助于心境开朗情绪乐观，专家的研究成果表明，人有宠物相伴能够控制血压、减轻压力、释放烦恼、缓解孤独和沮丧，所以他希望领养众众，把它作为礼物送给女孩一个惊喜，让那女孩感受温暖、安慰和爱情。

另一位 ID 叫杰克，是一位机关公务员，他太太也是公务员，新婚燕尔的小夫妻住在三房两厅的新房子里。据这位公务员先生介绍，他从小就喜欢狗狗，只是那时候家里住房条件不允许养狗。

程馨予对罗西的善良指数给出了 5 颗星，细心指数给出了 5 颗星，财力指数给出了 5 颗星，浪漫指数给出了 5 颗星，稳定指数则给出了 3 颗星，五大指数总计为 23 颗星。

程馨予对杰克的善良指数给出了 4 颗星，细心指数给出了 5 颗星，财力指数也给出了 5 颗星，浪漫指数给出 4 颗星，稳定指数给出 5 颗星，五大指数总计也是 23 颗星。

一时网上也众说纷纭没了主意，不知道选择那位，宽容发帖提议把两个领养源分成 A 和 B，上 PK 台，请网友们投票来决定。

两天的投票表决，外企男孩罗西只得到了 18% 的投票，而机关公务员杰克则得到了82%的高投票。大家比较一致的理由是,外企男孩罗西的故事虽然很感动人,但对众众而言却是不实在的,毕竟他们相爱不是很久,万一感情有了变化,那么众众又该怎么办?把养狗说的实际点,其实就是一大堆麻烦,要辛苦付出很多,那女孩身体有病是否有精力照顾狗狗?而且外企男孩罗西要给女孩一个惊喜,那么女孩是否喜欢接受狗狗还是个未知数。至于公务员杰克夫妇,几乎所有人都觉得他们工作稳定、收入稳定,而且政府公务员听上去也比较可靠,至少感觉人品上应该有保障。

于是,程馨予最终为众众选择了杰克夫妇。送众众走那天,宽容和 aigou 也赶来了。可惜只有领养人杰克一个人在家,没有见着他的太太。杰克不停地逗着众众玩耍,双方好像蛮投缘的。程馨予心里对众众的新家和新主人万分的满意,觉得实在没有必要再问那些八卦的问题了。

但是 aigou 却很谨慎,坚持问:"杰克,你太太今天不在,请问她也喜欢狗狗吗?"

"她当然没有像我这么喜欢,但是我喜欢的她一定也会喜欢的。"杰克自信地笑着说。

"有些人会觉得养狗狗对胎儿不好,你们刚刚新婚燕尔的,万一怀孕了会不会担心啊?"aigou 继续问。

"这个不会有问题,我们还没有打算要小孩呢?"杰克说。

"那万一呢?我是说万一改变主意想要孩子了,那不会不要狗狗吧?实在不好意思噢,我只是不希望众众再一次被遗弃,所以请你千万要理解我,都是为了狗狗好。"aigou 执着地追问。

"这么说吧,万一我太太怀孕了,我会让我父母来照顾众众的,你们绝对可以放心,我们是不可能遗弃众众的。"杰克信誓旦旦地说。

aigou 脸上总算露出了满意的笑容,他用眼睛征求了宽容和程馨予的意见后说:"OK,那众众今天就留在你这里了。"

宽容赶紧到车子后备箱里把众众的大包小包拿出来交给杰克。

"众众一天要遛两次,每次出去遛一定要处理掉狗狗的大便,否则邻居会讨厌的,那样对狗狗的生存环境不利。长毛狗的狗毛容易沾灰,众众的身上的毛毛每天都要梳理一次的,这样可以促进它皮肤血液循环,去除死毛和灰尘,长毛狗的毛也容易结团,一定要用手轻轻掰理开才梳,梳毛的时候千万不能弄痛它。"一向性格干脆的程馨予居然变得婆婆妈妈起来,她抱起众众反反复复地关照着:"每次洗澡都要用电吹风吹干,尤其是毛发根部一定要彻底吹干,否则狗狗很容易生皮肤病,还有不要给它吃咸的,那样容易退毛,还有一定要给众众多晒太阳,还有……"

"嗯,我记住了,你放心!"杰克倒也听得蛮认真的。

"千万不能让狗狗吃鸡骨头鱼骨头,不要喂它巧克力蛋糕什么甜的东西。还有,万一众众有什么不舒服或者不正常,你要马上和我联系噢!还有……"程馨予说着说着就哽咽了,突然把众众往杰克怀里一塞,转身就逃走了。

宽容和 aigou 赶紧哄了哄有些不安的众众,连忙向杰克告辞了:"那 BBS 上见。"

程馨予坐在汽车副驾驶的位置上,悄无声息。坐在后排的 aigou 感觉到了她在流泪,刚想递餐巾纸过去,却被一旁的宽容抢了先,他还看见宽容的手轻轻拍着程馨予的肩膀。

aigou 的家比程馨予家近，所以司机建议先送他，但是 aigou 却不想这么快就离开伤心的程馨予，所以笨拙地找了个理由："呃……不用先送我，就直接到程馨予家吧，我正好要到那附近……嗯……有个客户约好了……"

宽容倒是不用寻找什么理由，他的助动车就停在程馨予家里。所以下车时，aigou 只能酸溜溜地看着宽容和程馨予进了花园，既然自己已经说过约了客户，就没有理由一起跟着进去了。

虽说事先已经做好了充分的思想准备，但送走了众众，程馨予心里还是感到空荡荡的，好像有点失魂落魄。再三追问宽容："我走的时候众众它什么反应啊？"

宽容哄着说："众众没有什么反应啊，看上去它好像很喜欢杰克的样子哦。"

程馨予这才放下心来，嗔怪地说："这小东西，看见我离开它也不伤心啊，真是没良心！"

宽容笑着问："那你要众众怎么样，哭着喊着叫妈妈吗？难道你不希望众众找到一个爱它的家吗？那不如我替你去跑一趟，把众众要回来算了。"

"你什么意思啊，人家心理上总要有个适应过程伐？哪像你们这些男人，心肠这么硬啊！"程馨予也笑了，心里那份为众众的忐忑也被宽容赶走了。

"噢，对了，我想过几天再组织到基地劳动一次好伐？"虽然宽容以前也经常组织这类公益活动，但这次却心怀着鬼胎，故意想制造多一点和程馨予接触的机会。

"好啊，我当然参加咯。"其实程馨予也很想多一些机会和宽容在一起的。

十三、
彼此触摸到对方春意荡漾的心

所谓基地,其实也就是一排和工棚差不多的两层楼简屋。因为各个网站救助收留的流浪猫狗实在太多,而寻找领养的难度太大速度太慢,以至于许多救助人家里的流浪猫狗都已经泛滥了,还得时时刻刻提心吊胆地防着 DGD,所以几个爱护小动物的朋友就向郊区一家养狗场租了块空地作为爱心基地,请工程队搭建了两层楼的简屋,配备了必要的水池、热水器等设备,还聘请了一位照料狗狗的工人,当然这一切费用都是大家捐的款。程馨予和许多小动物爱护者都会自觉结伴到基地轮流劳动,一般是打扫笼舍或者为流浪猫狗洗澡,还有就是为它们带去一些美味等等。

那天,新来的那条西施串串浑身恶臭,宽容决定先给它洗澡,程馨予在一旁帮忙做助手。宽容为西施串串涂抹了大把香波,却立即被肮脏的皮毛吸收了,居然没见一点泡沫出来。于是宽容为它迅速冲淋之后,重新涂抹了香波,但还是没有一点泡沫。只好冲淋涂抹,再冲淋再涂抹,一直到涂抹第5遍香波时,才刚刚弄出一点点

68

可怜的泡沫来。程馨予发现洗干净的西施串串毛发挺白的,随口就叫它小白了。

小白被洗得白白的,闻闻还香喷喷的喏,但是它的长毛却严重打结,宽容就像李莲英服侍慈禧太后那样,小心翼翼的梳理了半天,还是没办法弄通顺,只得决定把这身毛块剪去。打结的毛结成了板块,几乎是紧贴着根部了,简直就像一块毛毡粘结在皮肤上,宽容弄得像动手术一样,用剪子小心翼翼地一根一根地将毛毡下的细毛和皮肤剥离。

虽然懂事的小白非常配合,但宽容也弯腰曲背了 3 个多小时,以至于大功告成的瞬间他无法直起腰来。程馨予见状赶紧拉了一把,没想到用力过大,竟然把没站稳的宽容拖入了自己怀里,顿时两人都红了脸,半晌都没有出声。

最后还是宽容打破了尴尬,说:"哎,小白在外面流浪了这么长时间,毛发看上去这么糟糕,却居然没有一点点皮肤病。"

程馨予脸上的红还没有退尽,含含混混地应了声"嗯",就头也不抬地为众众穿起衣服来了,用眼角的余光目感受着宽容的反应。

"这可真是一个奇迹哎。"宽容还是一个人在自言自语。

晚上,程馨予打开 MSN,发现宽容设置了"喜出望外的幸福",她便为自己设置了"心扑通扑通地跳",彼此都知道对方联着机,但一反常态的是谁都没有主动打招呼,最后熬不住的是宽容,看到屏幕显示闪烁,程馨予心中掠过一丝甜蜜。

宽容·喜出望外的幸福 说:

"hi,乐芝,在吗? 😊"

乐芝·心扑通扑通地跳 说:

69

"嗯,在的。"

宽容·喜出望外的幸福 说:

"小乐帝好伐"

乐芝·心扑通扑通地跳 说:

"很好哦。^。^"

宽容·喜出望外的幸福 说:

"乐芝,告诉我,那一刻的幸福是真的吗？🌰"

乐芝·心扑通扑通地跳 说:

"哪一刻呀？😊"

宽容·喜出望外的幸福 说:

"今天下午,在你怀里的那一刻。😊"

乐芝·心扑通扑通地跳 说:

"……"

宽容·喜出望外的幸福 说:

"说呀😊"

乐芝·心扑通扑通地跳 说:

"你不要太得意！😸"

宽容·喜出望外的幸福 说:

"我哪里敢得意啊？我从那一刻起心里就一直七上八下地忐忑不安。"

乐芝·心扑通扑通地跳 说:

"为什么呀？一定是心里有鬼吧。😈"

宽容·喜出望外的幸福 说：

"不是鬼，是小兔子。😎"

乐芝·心扑通扑通地跳 说：

"什么小兔子呀？🫤"

宽容·喜出望外的幸福 说：

"小兔子妹妹撞进了我的心里，所以现在扑通扑通地跳，受不了啦。❤️❤️"

乐芝·心扑通扑通地跳 说：

"没出息，打一下。"

宽容·喜出望外的幸福 说：

"是呀，真该打啊，我怎么这么没出息，下次有机会一定要好好把握喽。"

乐芝·心扑通扑通地跳 说：

"那就守你的株待你的兔吧。"

宽容·喜出望外的幸福 说：

"嘿嘿，我可不干那守株待兔的傻事哦，我要主动出击，去寻找那只撞在我怀里的小兔妹妹。🖤🖤"

乐芝·心扑通扑通地跳 说：

"然后呢？"

宽容·喜出望外的幸福 说：

"然后关爱她，呵护她，全心全意给她幸福。你觉得那位小兔妹妹会愿意吗？🖤🖤💋💋"

乐芝·心扑通扑通地跳 说：

"我想应该不会……😁"

宽容·喜出望外的幸福 说：

"为什么不会？😳"

乐芝·心扑通扑通地跳 说：

"当然应该不会……😁"

宽容·喜出望外的幸福 说：

"很痛苦耶！告诉我小兔妹妹的想法好伐啦？😖"

乐芝·心扑通扑通地跳 说：

"痛苦？痛苦什么呀？我的意思是小兔妹妹当然应该不会不愿意的。😁"

宽容·喜出望外的幸福 说：

"哈哈，给我玩绕口令啊,吓得我不轻啊,心脏差点跳不动了。🖤"

乐芝·心扑通扑通地跳 说：

"跳不动好啊,不是有某某人说,心扑通扑通地跳,受不了啦吗。🐟"

宽容·喜出望外的幸福 说：

"那你现在心还扑通扑通地跳吗？要我帮你治治吗？😄"

乐芝·心扑通扑通地跳 说：

"我说过受不了吗？我说过要治吗？傻,心不跳不就要死翘翘了吗。🐟🐟"

宽容·喜出望外的幸福 说：

"我说不过你的伶牙俐齿,但是我喜欢你的伶牙俐齿。小兔妹妹,我可以叫你小兔妹妹吗,一个属兔子的小妹妹啊。🐽🐰"

乐芝·心扑通扑通地跳 说：

"你不是已经叫了嘛。"

宽容·喜出望外的幸福 说:

"我不光喜欢你的伶牙俐齿,我还喜欢你的人,你的一切。可以吗? "

乐芝·心扑通扑通地跳 说:

"你是你自己的主宰,你当然有权决定喜欢什么,不喜欢什么。"

宽容·喜出望外的幸福 说:

"那么我的小兔妹妹,你喜欢我这个哥哥吗?"

乐芝·心扑通扑通地跳 说:

"当然,就把你当作哥哥一样喜欢。"

宽容·喜出望外的幸福 说:

"欧耶!"

……

两个年轻人在斗嘴中愉快地打情骂俏,又在打情骂俏中自然而然捅破了那层

早已透明的窗户纸,彼此触摸到了对方春意荡漾的　　　。

十四、
爱情岩浆的喷发到了读秒时刻

瓦卡卡,这两天的程馨予是没法正常了,晚上她又挤到老妈的床上。人在痛苦的时候,需要倾诉,否则会痛苦得发疯。人在幸福的时候,也需要倾诉,否则会幸福得发疯。

"妈咪,你说宽容这个人怎么样啊?"程馨予问。

"嗨,我才和宽容接触了几分钟,话也没说两句,你让我说他什么呀?"李仲琪故意没有直接回答。

"那……嗯……谈谈第一印象吧?"程馨予追着问。

"这个第一印象嘛,嗯,还不错。"李仲琪笑着说。

"哎呀,具体点,具体点嘛。"程馨予感到不过瘾。

"这个具体来说嘛,我觉得他非常有责任心,这对于一个男人来说,是比什么都最重要的。"李仲琪说。

"还是不够具体嘛,那就给这个第一印象打个分吧? 你说多少分? 60? 70?

80？90？"程馨予看着母亲，试探性地 10 分 10 分往上跳。

"OK，90 分！"李仲琪笑着打出了高分。

"啊，才 90 分啊？那扣去 10 分的理由是什么？在我眼里宽容可是超级优秀的。"程馨予却不认为老妈打的是高分，她寻根究底地问。

"那是因为你情人眼里出西施，而妈咪却相对比较客观，扣去 10 分，是为了那些你和妈咪都可能还没有了解到的缺点，或者说是希望宽容好上加好。"李仲琪疼爱地点了点女儿的鼻子。

香港影后张柏芝要来申川参加超级典礼年度颁奖晚会了，宽容是通过媒体的朋友获悉的。程馨予可是张柏芝的超级 fans，没有张柏芝，程馨予就不可能关注狗、喜欢狗，也就不可能和小贝、乐帝、众众有关系，更不可能一头扎进救助流浪狗的志愿活动，没有张柏芝，就没有宽容和程馨予的相识和相恋，或者换一句话说，张柏芝就是他宽容和程馨予的大媒人啊。

超级典礼年度颁奖晚会的门票是不对外出售的，宽容使出了浑身解数，几乎托遍了所有的熟悉的甚至不太熟悉的朋友，终于七转八弯通过高中同学的妈妈的老部下搞到了两张极其珍贵的门票，而且是一楼第 6 排的好位置哦！

"哦耶，哦耶！"程馨予举着门票欢快地跳了起来。

宽容从来没有看见程馨予这么忘形地开心过，他的心好像也跟着忘形地舞了起来。

程馨予挑出好几张张柏芝抱着狗狗的照片带在身边，想请偶像在照片上签名。

宽容心中顿时忐忑不安起来，担心坊间盛传的大牌明星的冷漠会不会让极其单纯的程馨予受到伤害？因为他不能保证程馨予是否能够近距离见到张柏芝，更

75

不能保证张柏芝愿不愿意为程馨予签名。

"嗨,你可不要开心过头哦,有些大明星粗暴冷落 fans 的事情又不是没有发生过,当心你期望高到时候失望越大哦,能远距离看看也就不错了。"宽容故意给充满期待憧憬的程馨予泼了点冷水。

"不会的,所有见过 Cecilia 的 fans 都说她是对 CF 超好超好的那种。"程馨予嘴上这么说,其实心里也是没有底的。

"也许 Cecilia 对 fans 真的是不错,但是许多时候明星也是身不由己的,要听从主办方的安排啊。你一定要有心理准备哦。"宽容还是在给程馨予打预防针。

"放心好咧,这些我都知道的,我可不是那么脆弱的一个人,我只要能够看到 CC 就已经很满足了。"程馨予说。

程馨予坐在第 6 排,眺望着前面几排给明星们留出的座位,看见在第一排当中的一个椅背上粘贴的红纸上打印着张柏芝的名字,几十位明星鱼贯而入,程馨予终于见着张柏芝了,心不由怦怦直跳。

会场工作人员还在四处走动忙乱,离开场还有好几分钟,宽容鼓励程馨予悄悄靠近张柏芝去试试,他知道,如果程馨予不去试过,她的心里一直不会甘心的。程馨予得到宽容的鼓励,拿着张柏芝和狗狗在一起的照片躬身离开了座位。

"柏芝姐姐,我是你的影迷,叫程馨予。"程馨予来到张柏芝面前,鼓起勇气作了自我介绍。

张柏芝非常平易近人,微笑地"哦"了一声之后马上作出要签名的手势。

程馨予赶紧手忙脚乱地拿出照片,激动地告诉张柏芝:"柏芝姐姐,我以前好怕好怕狗狗,但是看见你这么喜欢狗狗,现在我非但不怕狗狗,而且很喜欢狗狗了。"

"是吗？爱狗的女孩，那我们拍张照片吧。"张柏芝居然主动提出合影。

"@@％％＊＊&&##＄＄@@％％＊＊&&##＄＄……"

程馨予感觉自己被幸福击晕了，只知道自己在讲话，却不知道自己在讲些什么，而张柏芝却一直含笑倾听着。

幸好，远远地在悄悄关注的宽容迅速赶过来，及时抢在超级典礼开始之前为程馨予和张柏芝拍了合影。整个超级典礼上，程馨予的视线仿佛舞台上的追光，牢牢锁定张柏芝不偏离，直到典礼结束，程馨予无奈地看着张柏芝离开了自己的视线。

宽容把程馨予送到家门口，非常满足的程馨予依然沉浸在幸福之中，不由感激地握紧了宽容的手。柔和的月光善解人意地注视着这一对金童玉女，迷人的月色映照在程馨予的脸庞上，冰清玉洁的肌肤就如同凝脂一般，她特有的微微翘起的鼻尖因为仰着头而愈发显得可爱动人。

宽容难以自持地将心爱的姑娘紧紧拥在怀里，爱情岩浆的喷发已经到了读秒的关键时刻，弄堂里寂静得如同空气凝固了一般，唯有轻轻的喘息声伴随着两颗滚烫的心在热烈地跳动，程馨予不由自主地闭上眼睛……

十五、
奄奄一息的呻吟

两片充满激情和青春活力的嘴唇就要紧贴在一起的瞬间,宽容和程馨予几乎同时静止了,因为他们听到了奄奄一息的呻吟!他们立即循着微弱动静一路寻找,发现声音是来自角落里的那个垃圾桶,黑暗中一只黑不溜秋的小奶狗蜷缩在那里,身上沾满了垃圾,宽容毫不犹豫地脱下滑雪衫将这只冻得簌簌发抖的小奶狗包裹起来。

这么晚了,宠物医院都已经关门了,只能先抱回家再说吧。程馨予上楼去和老妈打个招呼,再把乐帝抱下来看一眼小奶狗,这样乐帝在楼上就不会坐立不安了。

家里没有小奶狗的食物,喂它人喝的牛奶又恐怕不消化,程馨予难得到厨房去亲自动手烧了点粥,先弄点米汤给它垫垫饥也好。

小奶狗是不可以轻易洗澡的,宽容只能用热毛巾勉强替它擦一擦臭气熏天的小身子,他发现小朋友的腹部有些小红点,也许是螨虫吧。虽然客厅内空调已经开到了最大档,但小奶狗还是在不停地颤抖,宽容只好撩起毛衣,让它贴着自己的棉毛衫取暖。

米汤熬好了,程馨予将米汤倒在两个碗里不停地吹,宽容看着温度差不多了,就把小朋友放下地,没有想到这么小点狗狗居然像饿死鬼投胎那样急吼吼地喝着碗里的米汤,还不停发出呼呼呼的声音,感觉有人跟它抢食似的,宽容和程馨予心里的一块石头落了地,这种吃食的状态说明身体还行,但是发现小朋友有点拉肚子。

第二天早上,宽容让程馨予拿出厚厚的毛巾把小奶狗裹得严严实实的,然后抱着小奶狗步行到就近的宠物医院去检查身体,陪着一块去的程馨予也想要抱一会,宽容怎么也不同意:"它腹部的那些小红点有可能是螨虫,你尽量不要去碰,弄不好会传给人的。"

一位看上去挺有经验的医生替小奶狗作了蛮长时间的检查,最后说:"我的初步诊断是犬温。"

"什么?是犬温?"程馨予不敢相信自己的耳朵,犬温可是死亡率高达80%的传染病啊!

"是的,腹部有红点,还伴有腹泻,是犬温。要马上住院治疗。"医生说。

"那……就算了,我们不治了。"宽容说。

"不治了?为什么啊!"程馨予极其震惊地盯着宽容看。

"对的,不治了,听我的,我们不治了。"宽容对程馨予眨着眼睛说。

程馨予吃不准宽容这葫芦里头装的是什么药,但凭着对他的信任,还是点头同意了:"那好吧。"

一出这宠物医院的门,宽容就说:"这医生危言耸听宰人呢,我们换家医院吧。"

好在走过两条横马路有家比较正规的宠物医院，那里的医生一检查，果然没有提到"犬温"这两个字，对于小朋友腹部的小红点，医生认为是跳蚤造成的，并且不由分说就给小奶狗吃了一粒据说是德国进口的灭蚤药。

这下连经验不太丰富的程馨予也察觉出不对劲了，她马上说："绝对不可能是跳蚤的，跳蚤用肉眼是能够发现的，我以前给许多流浪猫狗抓过跳蚤。"

"那这药吃了之后也没有坏处，你回去观察一下，如果三天之后好了，那说明狗狗的皮肤病就是跳蚤造成的，要是没有好那就再来看看。"

又是一家糨糊宠物医院！他们只好回家等李仲琪的司机送他们常去的那家医院，虽然路远些，但是因为许多小动物保护者经常把救助的小动物送到那里去治疗，所以他俩和那里的医生都挺熟，至少不大会蒙人。

果然，医生很快就得出了结论："是因为受冷而导致的腹泻，至于腹部的小红点就是螨虫引起的。"

"OK，这两种病治疗起来并不冲突。"常常救助流浪狗的宽容似乎也成了半个医生。

"还是有问题的，根据它皮肤病的程度最好是打针，但是这小奶狗一定还没有来得及免疫，所以最好是等腹泻好了就先抓紧免疫。"医生说。

"治疗皮肤病打针和打防疫针不能同步进行吗？"程馨予问。

"嗯，同时打针恐怕不行。"医生点点头。

"那应该先打治疗皮肤病的针，还是先打防疫针？"程馨予又问。

"当然先打疫苗咯，医生你说对哦？"宽容因为和医生比较熟了，就抢先说了。

"是的，我觉得疫苗要更重要一些，万一因为没有来得及防疫而得了犬温或者细小之类凶险的传染病，真的是后悔也来不及的，至于皮肤病么不是什么大事，可以慢慢采取涂药水啊等等保守疗法的，再大一点还可以洗药浴。"医生说。

大约过了一个星期，小奶狗的腹泻就彻底好了，宽容和程馨予带它去打了预防犬温、细小病毒的二联疫苗。狗狗的皮肤病则因为保守疗法而没有进展，而且小红点已经在狗狗全身蔓延开来了，程馨予还是只能每天早晚两次先用细齿的梳子清理皮肤屑和痂皮，然后为小奶狗涂药水，涂好了还得用电吹风吹干，因为小奶狗不懂得配合，而且还特别调皮，尤其看见电吹风就会拼命挣扎，所以干这活儿非常费时费力，整套活儿干下来至少2个小时，完工时颈椎几乎就麻木了。

那天上午，宽容在MSN上告诉了程馨予一个坏消息，他的胸部、腋下还有手臂弯也发出了许多小红点，浑身痒痒得难受极了，估计是小奶狗传给他的，因为宽容那天把它贴在棉毛衫上取暖。

下午宽容去医院看了，诊断出来，果然说是疥螨。医生关照宽容要连续三天早晚各涂一次药膏，不能洗澡不能换内衣裤，到第四天用一种带硫磺味的药膏洗澡，然后将换下来的内衣裤和床单被套一起高温消毒再太阳暴晒。三天后再重复一次这样的程序。宽容又到药房里买来同样的药膏，径直来到程馨予家。

"你身上有没有问题啊?"宽容问。

"好像还没有啊。"程馨予感觉了一下说。

"那也不能掉以轻心啊，从今天晚上开始，小狗涂药水的事情都让我来弄吧。"宽容对程馨予就像个长辈。

"一天要早晚两次了呀，这样你太辛苦了，还是我来涂吧，我注意一点就行了。"程馨予不舍得宽容。

"不辛苦的,平时我还找不到一天来两次的借口呢。"宽容调皮地说。

"那随便你好咧,要不就住在我家客房吧。"其实程馨予也喜欢每天看到宽容,只是放在心里不说出来。

"那太好了,不过……你妈妈她不会有意见吧?"宽容心里很是欣喜。

"难道你认为我老妈会干涉吗? 我们又不是同居喽。"程馨予不以为然。

"哦,对了,医生说了,这种皮肤病就是伴侣没有传染上,但也要一起同步治疗。"宽容一脸认真地说。

"瞎说。"程馨予脸红了。

"真的,是医生说的,不骗你。你看,医生还发了一张小单子呢。"宽容把医院的单子给程馨予看。

程馨予瞄了一眼,果然是这样写的,脸就更红了。

"还是同步治疗吧,万一你也传上了,别人还真以为我们已经伴侣上了呢。"宽容装着挺着急地样子。

"切,谁是你的伴侣啊? 谁和你一起同步治疗!"程馨予故意沉下了脸。

"想什么呀,一起同步治疗又不是一起涂药膏一起洗澡好哦?"宽容笑着说。

"你有病啊?"

"是啊,我有皮肤病呀!"

程馨予忍不住也笑了。

"说真的,你和李阿姨每天都接触小狗狗的,真的也应该预防治疗一下。"

"知道咧,从今天开始,我们家每天换下来的衣服和床单被套都用开水消毒杀虫。"

"还有,你们大家也要用那种硫磺味道的药膏洗一下,我特意到药房替你们买了些来。"宽容从包里取出药膏递过去。

整个春节长假,宽容躲在程馨予家里不敢见人,因为浑身一刻不停地在瘙痒,每天是在给狗狗和自己涂药水药膏中度过的。程馨予家里的开水用量骤增,人用的狗用的都要用开水高温消毒,连乐帝也要用药浴来预防。

小奶狗特别粘人,常常呜哩嘛哩地吵着要人抱,宽容说自己反正已经传上了,索性就经常抱着它。

春节过后,宽容身上的疥螨开始消退了,很快就已经彻底好透了。开学了,宽容要回北京学校报到一下离开几天,一直被抱惯了的小奶狗在宽容不在的时候还是呜哩嘛哩地吵着要人抱,程馨予心疼了,时常忍不住就去抱着它,每次抱好之后就要洗澡换衣服,因为程序比较复杂,所以既然抱了就多抱一会,李仲琪也是这样。李仲琪母女俩有个原则,关于狗狗的活一般很少让郑阿姨做,只是在李仲琪母女俩时间排不过来时,才让郑阿姨帮着搭把手的。

然而小奶狗的皮肤病却因为保守疗法而见效相当慢,二联满一个月之后要打六联,六联满一个月之后接着要打七联,所以始终没有能够有机会打治疗皮肤病的针,真让李仲琪母女俩心力交瘁,好不容易熬到狗狗打好六联一个星期之后可以洗药浴了。

小奶狗有点儿怕水,宽容把它的小身子浸到药液里时,它惊恐万状地想要挣脱逃离,宽容的手伸进药液里轻轻抚摸它的小肚子,还温柔地把脸颊送到它的嘴边,任它伸出舌头舔的满脸都是吐沫,小狗狗的情绪才渐渐地安静了下来。

每周一次的洗药浴总算有了明显的效果,因为调养得比较到位,小奶狗彻底养好了毛,倒也看上去非常精神可爱,程馨予为它起名叫乐乐。

小乐乐已经会听从命令坐下了,所以得到不少物质奖励呢。乐帝在旁边看着赶紧也坐得好乖,是为了给乐乐小弟弟树立一个好榜样吗? NO,是为了分享物质奖励哦。

有一天趁着阳光明媚,程馨予的心情也超级靓^－^! 一大早和老妈带着孩子们去郊游烧烤,小乐乐本来就浑身麻麻黑,再加上皮是皮的来,一刻也不肯静下来,所以照片拍出来效果一塌糊涂! 小乐帝则靠着一张人见人爱花见花开的漂亮脸蛋和讨人喜欢的乖脾气,哄的人自觉自愿地拿肉肉往它那张尖嘴嘴送,吃得丰盛得一塌糊涂,回家赶紧喂它点乳酶生片帮助消化。

宽容在北京上网为乐乐找到了一个很好的领养源,领养人是一对非常爽气的小夫妻,男的叫戴维,是法国人,在申川的外企任职,女的叫安娜,是申川人,自由作家。他们愿意为乐乐去办证。戴维夫妇俩顺利通过了 aigou 非常挑剔的面试,程馨予决定等宽容回申川就一起把乐乐给戴维夫妇送去。

十六、
哦，他比你先到

　　"嗨，你是乐芝吗？我是乐天啊，我已经下飞机了，马上就要出来啦。"乐帝的老主人赵海天在西藏支教结束了，一下飞机就接通了程馨予的电话，乐天是赵海天的 ID。

　　"乐天啊，我们已经在出口处等你了，猜猜看，还有谁来接你了？"程馨予和赵海天是线上的老熟人了，但是在线下却还从来没有见过面。一起来接的还有 aigou。

　　"当然是 aigou 啦。"乐天说。

　　"嗨，乐天你好，我是 aigou，再猜猜看，还有谁来接你了？"aigou 抢过电话来让乐天猜。

　　"嗯……一定是宽容吧？"

　　"不是不是，宽容他回北京学校去了。"

　　"那么是小鱼？"

　　"也不对，不是小鱼。"

"那是谁啊？我猜不到了，你们快说啊！"

"是你最牵挂的，也是你最喜欢的。"

"啊？"乐天在电话大叫一声："难道是小乐帝？!"

"回答正确！"

"哦耶，小乐帝啊！想死我了！"

一会儿，赵海天的电话又打了过来："乐芝，我已经站在出口处了，怎么没看见小乐帝啊？"

"傻哦？司机带着小乐帝在车上等呀！哎呀，我已经看见你啦？"程馨予说着看见了也握着手机在通话的赵海天。

"呀，我也看见你了。"赵海天赶紧挂了手机，冲过去和程馨予握手："你好，乐芝是吗？一眼就认出我了，好眼力啊，你比照片上更漂亮，我简直不敢认啊。"

"你好，乐天。"aigou 也向赵海天伸出了手。

"这位是 aigou 吧？"赵海天确认了一下，毕竟平时在 MSN 上经常能见到显示图片的，彼此非常脸熟。

程馨予抱着乐帝坐在前排副驾驶的位置上，两个男人坐在后排。乐帝见到赵海天竟然已经有些生疏了，身子往后退缩着。

"小乐帝，小乐帝，难道你不认识我了吗？我是你的老爸呀。来，乐帝乖，来，乐帝让老爸摸摸，哦，乖，乖。"赵海天好言好语地套着近乎。

然而乐帝却粘着程馨予，不愿意到后排来，大家都笑了起来。

"唉，乐帝啊，你是只见新人笑，不见旧人哭啊，停车，停车，你老爸跳下去不活啦！"赵海天捶着胸，装出极度郁闷的样子。

因为带着乐帝，只能找家小饭店为赵海天接风 FB。席间，赵海天想方设法以美食来引诱乐帝，终于，乐帝和老主人亲热起来，赵海天乘机把它抱在怀里，动情地说："乐帝，老爸想死你啦，老爸想死你啦，我们乐家门团圆了！"

程馨予见赵海天对乐帝如此亲热，情不自禁红了眼圈，心里也平添了一丝担忧，乐天该不会把乐帝要回去吧？毕竟自己曾经说过"你儿子回来改变主意了也可以再把乐帝要回去的"，况且狗证上还是赵海天的名字啊！

FB 结束，送乐天回家。车上，乐天抱着乐帝已经难舍难分了；他左亲右亲才把乐帝送回到程馨予的怀抱。接下来的路程，程馨予一直抱着乐帝默默不语。

aigou 明显感觉到程馨予不太开心了，但是不知道她为什么突然不开心了。回到家，心里一直惦着程馨予，赶紧上了 MSN，发现她也联着。

程馨予在 MSN 上没有看见宽容，看见 aigou 上来，她觉得对方是一个可以诉说的超越性别的知己，也是一个忠实的倾听者，刚想招呼，aigou 先招呼了。

aigou##希望朋友开心 说：

"我知道你不开心了，是因为我吗？"

乐芝·郁闷@心里 说：

"你怎么可能会让我不开心呢？"

电脑显示乐天上来了，程馨予赶紧将自己设置显示为忙碌。

aigou##希望朋友开心 说：

"噢,那等你不忙时再聊,不好意思,88"

乐芝·郁闷@心里 说:

"哎,别误会,我是为了和你聊天才显示忙碌的。"

aigou##希望朋友开心 说:

"噢,受宠若惊。"

乐芝·郁闷@心里 说:

"唉,郁闷啊!"

见电脑屏幕下方频频闪烁着乐天的信号,程馨予不好意思拖得太久,只好点击出来看。

乐天＊＊＊乐家门团圆了 说:

"嗨! 什么事心里郁闷? 🤨"

乐芝·郁闷@心里 说:

"没什么,写着玩的。"

乐天＊＊＊乐家门团圆了 说:

"呵呵,难道玩的是郁闷? 😄"

乐芝·郁闷@心里 说:

"是啊? 难道郁闷不好玩吗?"

乐天＊＊＊乐家门团圆了 说:

"不能告诉我为什么郁闷吗? 🤨"

乐芝·郁闷@心里 说：

"不能告诉，那是我的隐私。"

乐天＊＊＊乐家门团圆了 说：

"ok，既然这么说，我就不问了。"

乐芝·郁闷@心里 说：

"谢谢。"

乐天＊＊＊乐家门团圆了 说：

"不过还是要啰嗦一句，有什么不开心别放在心里好不好，也许我可以帮你。"

乐芝·郁闷@心里 说：

"你帮不了我的。"

乐天＊＊＊乐家门团圆了 说：

"那……我们谈谈乐帝好吗？ 😷"

乐芝·郁闷@心里 说：

"可以啊，你谈吧。"

乐天＊＊＊乐家门团圆了 说：

"我下车之后发生什么事情了？为什么你会突然不开心了？我看你在饭店心情还挺好的。"

乐芝·郁闷@心里 说：

"没有发生什么事情啊，我也没有不开心啊，只是有些累。"

赵海天赶紧在 MSN 上问 aigou，可是 aigou 也是莫名其妙，单知道乐天下车后程馨予就突然有些不开心了,但不知道她为什么不开心。赵海天突然想到问题可能是出在"乐家门团圆了"上。

乐天＊＊＊乐家门团圆了 说:

"乐芝,其实今天我们乐家门团圆我心里很开心,你说我们乐天、乐芝、乐帝多么有缘啊,如果我们一起做乐帝的爸爸妈妈该有多好啊。"

乐芝·郁闷@心里 说:

"你乱说什么呀?"

乐天＊＊＊乐家门团圆了 说:

"不过你也不要为此不高兴,我始终认为选择权在你手里,我只能让自己做得最好,但我决不能要求你选择谁,因为这关系到你一辈子的幸福。即使你不选择我,我也要做你最好的朋友。☺"

乐芝·郁闷@心里 说:

"今天你刚回家,一定累了,下次有机会再聊。"

乐天＊＊＊乐家门团圆了 说:

"还记得两周前我在西藏时和你的一段很有意思的聊天吗? 我再重新发给你看一下。"

赵海天点击出收藏起来的历史聊天记录,选择了一段发给了程馨予。

乐天＊＊＊归心似箭 说:

90

"和你聊天是一种享受,再累也会觉得不累,时间再长也会觉得很短,这就是爱因斯坦的相对论。😎"

乐芝·众众想要有个家 说:

"我从小理科不好,所以不懂相对论。"

乐天＊＊＊归心似箭 说:

"那就不谈理,谈情如何?🐱"

乐芝·众众想要有个家 说:

"越发高深了,我更不懂了。🐱"

乐天＊＊＊归心似箭 说:

"那就简单明了地说,我喜欢你! 🌹 🌹 🌹"

乐芝·众众想要有个家 说:

"听过一首老歌吗,哦,他比你先到,哦,对你说声抱歉。🐦 🐦"

乐天＊＊＊归心似箭 说:

"💔 💔 那个他是宽容吗? 他可是近水楼台先得月啊。哦,我愿意做候补队员,哦,我绝对不会篡位。😵"

乐芝·众众想要有个家 说:

"嗯,态度不错。🐚"

乐天＊＊＊归心似箭 说:

"万一他下岗了,也弄个竞争上岗的机会给我? 我是说万一。🌝"

乐芝·众众想要有个家 说:

"呵呵,要岗位自己去应聘啊。"

乐天＊＊＊归心似箭 说：

"现在不是应聘来了嘛,双向选择好,我选择了你,你选择了他,OK,心甘情愿地

当这替补,分分秒秒准备着上岗。就这,不会影响你我之间的纯洁友谊吧? "

乐芝·众众想要有个家 说：

"放心,不会啊。"

......

平心而论,程馨予觉得赵海天是个不错的阳光男孩,活泼开朗,像他的 ID"乐

天"一样,是个乐天派。

乐天＊＊＊乐家门团圆了 说：

"我愿意做一棵菜市场货架上的菜,每天等待着你把我选去。能告诉我你喜欢

什么样的菜吗? "

乐芝·郁闷@心里 说：

"如果陆毅和陈坤是菜市场货架上的两棵菜,那么你会是陆毅,也许有许多人被

陆毅那双清澈透明的眼睛所吸引,而我却更喜欢深藏在陈坤那双迷茫眼睛里的东西。"

乐天＊＊＊乐家门团圆了 说：

"我会努力让自己成为陈坤那样的菜,让自己的眼睛显得有些扑朔迷离。 "

乐芝·郁闷@心里 说：

"种瓜得瓜，种豆得豆，你是一只瓜，变不了一粒豆，你必须寻找爱瓜的人，而不是让自己变成豆，也不是让爱瓜的人变成爱豆的人。"

乐天＊＊＊乐家门团圆了 说：

"☂☂✒✒✒听说过爱屋及乌吗？你这么喜欢乐帝，那么就把我当作乐帝头

上的一只乌鸦来喜欢好吗？　"

十七、
我的心一直因为爱在燃烧

程馨予忍不住笑得前仰后倒,突然想起刚才和 aigou 聊到一半的,赶紧一边删改名字一边点开了他的对话框:

aigou##希望朋友开心 说:

"为什么郁闷? 可以告诉我吗?"

乐芝·现在不郁闷了 说:

"不好意思,刚才在和乐天聊。"

aigou##希望朋友开心 说:

"乐天治好了你的郁闷?"

乐芝·现在不郁闷了 说:

"不是,不谈他了,就谈谈你吧。"

aigou##希望朋友开心 说:

"谈我什么呀?"

乐芝·现在不郁闷了 说:

"比如,谈谈你喜欢过的女孩吧。不要告诉我你从来没有喜欢过女孩子。"

aigou##希望朋友开心 说:

"当然……有一个,就一个。"

乐芝·现在不郁闷了 说:

"初恋?"

aigou##希望朋友开心 说:

"嗯。"

乐芝·现在不郁闷了 说:

"为什么结束? 是因为女孩?"

aigou##希望朋友开心 说:

"从来没有结束过啊。"

乐芝·现在不郁闷了 说:

"哇,你城府好深,金窝藏娇耶! 下次带出来一起玩?"

aigou##希望朋友开心 说:

"哪里有金窝藏娇啊,我和她从来没有机会开始过,所以也就从来没有结束过。"

乐芝·现在不郁闷了 说:

"没有机会开始是什么意思啊? 不要告诉我你只是在单恋哦。"

aigou##希望朋友开心 说:

"就是单恋的意思,因为我从来没有说过喜欢她,所以她从来不知道。"

乐芝·现在不郁闷了 说:

"真是单恋啊?那你现在还爱着她吗?"

aigou##希望朋友开心 说:

"当然,其实在我心里从来就没有停止过对她的爱,而且是一天比一天强

烈,我的心一直因为爱在燃烧。"

乐芝·现在不郁闷了 说:

"那就应该去告诉那女孩!需要我两肋插刀出面帮你吗?"

aigou##希望朋友开心 说:

"不用,我没有这个资格。"

乐芝·现在不郁闷了 说:

"why?"

aigou##希望朋友开心 说:

"那女孩太优秀了,在我心目中简直就是一尊女神。"

乐芝·现在不郁闷了 说:

"可是在我心目中你也很优秀啊!"

aigou##希望朋友开心 说:

"真的吗?"

乐芝·现在不郁闷了 说：

"当然是真的,你长得那么帅,人这么好,平面设计又弄的老灵!"

aigou##希望朋友开心 说：

"我们换视频和音频好吗?"

乐芝·现在不郁闷了 说：

"OK!"

印入程馨予眼帘的是一个破旧不堪的地方,她吃惊地问:"aigou,这是什么地方啊?"

aigou 移动着视频头告诉程馨予:"乐芝,你一定想不到吧,这里就是我的家,我和奶奶住在楼下,我的老爸老妈住在楼上,听起来楼上楼下的好像很不错,但我住的不是复式住宅,也不是豪华别墅,只是那种苦苦等待拆迁机会的危棚简屋。这是我们家的楼梯,楼梯上面只是一个能站直人的阁楼而已,贴着斜梯摆放的是我的床铺,往北紧靠着床沿的四方桌有一半是伸进了楼梯下的斜面,因为楼梯下是无法坐人的,所以我的电脑就放在这半个桌面,这里既是我的办公区域,也是我的睡觉区域,好在我的工作本来就是熬不住了就睡,睡醒了再继续做的,那些得到客户夸奖的平面设计都是坐在床上做出来的。贴着四方桌再往北拉着那条布帘,千万不要以为是装饰的布艺,这布帘后面摆的是一个马桶,而这与我们一家三口吃饭的四方桌那一半区域几乎是零距离的,你肯定从来没想到过人的进出口公司可以靠得这么近的。"

程馨予非常震惊的是申川这样的大城市居然还有这样的住宅,她喃喃地说:

"aigou,你很不容易,你真的很了不起。"

aigou 犹豫地问程馨予:"乐芝,你不嫌我啰嗦吧,我是在别人歧视的眼光中长大的,所以我的内心非常自卑,从来不会和别人聊我家里的事。"

"aigou,你说吧,我很愿意听,真的。"程馨予的态度是真诚的。

"我老爸在我们家门口这条马路上被汽车撞成了半身不遂,驾驶员逃走了,老爸的治疗费对我家来说就如同天文数字一般,压得妈妈和奶奶喘不过气来。在学校里,我什么都无法和同学们比,只有玩命和他们比学习成绩,我靠奖学金和贷款读完了本科,本来学校里已经保送我读研了,但我需要早点挣钱来还贷。"

"那你们家……怎么会开始救助流浪狗的?"程馨予问,因为她觉得奇怪,一个风雨飘摇的家庭居然给这么多流浪狗提供了庇护。

"我曾经在 X 宠物宝贝网发过一篇'从小黑开始',你搜索加精帖很容易找到的。"aigou 说。

程馨予很容易就搜索到了 aigou 的那个加精帖:

读大二的时候,我遇到了我的第一条流浪狗小黑,从此和流浪狗结下了不解之缘。

那是一条黑毛的小草狗,他无助地倒在那条车水马龙的路上苦苦挣扎,后腿的血汨汨地流出来,我立刻想到了我爸爸,因为我爸爸也是在这条路上被车撞成重伤的,所不同的是,爸爸被撞了周围围了一大群麻木的人在那里看热闹,而一条狗被撞了连被人看热闹的价值都没有。

我穿过车流向开过来的车辆伸出手臂,阻止着一条生命被压成肉饼,在驾驶员诧异的目光下,我把小黑抱在了怀里。在宠物医院,医生说要手术打钢钉,开出了2000元的治疗费,囊中羞涩的我只好无奈地把小黑抱回了家。

妈妈在农村插队时当过涂红药水紫药水的赤脚医生,她为小黑清洗了伤口进行了包扎。我们家里就是白天也是一片漆黑的,但是小黑记着我们救助它的恩情,从来也不会嫌弃这样寒酸的家庭。人和狗的命运都是注定的,它没有幸运进入贵族家庭成为贵族狗,但是小黑在平民家庭同样享受着浓浓亲情,它也给了我们家最大的回报,忠实地陪伴着我的爸爸。

因为没有钱,小黑一直是没有狗证的。直到大四我进入一家单位实习,每月有了500元的实习津贴,我每天都吃食堂最便宜的3元标准菜,外加每天4元的车费,不敢有一分额外的开销,整整攒了7个月,才凑满2000元为小黑办了狗证。虽然当初没钱开刀留下的后遗症让它走起路来一瘸一瘸的,但我的小黑是堂堂正正在脖子上挂了良民证的,我们全家再也不用因为听到DGD这三个字而心惊肉跳了!

从小黑开始,我对流浪狗的关注就一发不可收拾,每个小动物都有一个凄惨的故事,我怎么忍心不救它?但是我家没有能力收留它们这些可怜的孩子。于是我开始上网寻找领养源,因此结识了X宠物网的兄弟姐妹。

X宠物网让人既温馨又揪心。温馨的是这里洋溢着爱的暖流,每次我救助了流浪狗,大家都会有钱出钱有力出力当作自己的事来办,不同阶层的人可以不问贫富走到一起来,爱心是这里唯一的通行证。令人揪心的是,不法狗贩的恶意繁殖,部分犬主的责任缺乏,宠物治疗的锋利快刀,社会观念的漠视生命,狗狗户口的昂贵费用,尤其是法律法规的滞后空缺,引发了突出的养狗矛盾,也导致了流浪狗的泛滥,使小动物保护者心力交瘁疲于救助。所以,我呼唤"中国小动物保护法"的快快出台。

最后引用网友黑白夜的一段文字作结尾"人常说动物凶猛,然而在动物的世界里盛传着另一种事实:人类凶猛。浸泡在血泊里面那一双双空洞的眼神都冰冷地直视着人类是何等的凶顽和残忍,何等的麻木和疯狂。当体面的人们出现在冠冕堂皇的场合声情并茂地谈论保护动物关爱生命的时候,是否确切地知道有一些惨绝人寰的虐杀每天都在无动于衷地发生?"

"aigou,你写得太好了。"程馨予感动地说。

aigou 在视频里看到程馨予流眼泪了,不由鼻子也酸酸的,为她的善良而感动。

十八、
被轻视的是法律倒霉的却是狗

　　程馨予最近有些忙,所有有些时日没写博客了。打开自己的个人博客,在许多留言中发现有条刚写的留言很重要。留言的人叫葡萄熟了,程馨予并不认识,但留言说的是狗狗的事情。

　　葡萄熟了说昨天傍晚在一个书报亭旁边捡到了一条金毛,很希望为金毛寻找主人,但又不知道应该怎么做,所以才向乐芝求助,还留下了自己的邮箱。

　　程馨予赶紧发邮件给葡萄熟了问情况,还把自己的手机号码给了葡萄熟了。在电话里程馨予总算弄清楚了金毛的来龙去脉。就连夜先到 X 宠物宝贝网上发了帖子,然后又到其他一些宠物网站发了帖子,希望能多一点网友来帮助金毛找到自己的主人。

为走失金毛寻找主人

昨天傍晚时分，我朋友葡萄熟了在燕正路书报亭附近发现了一条走失的金毛猎犬。葡萄熟了发现小朋友时，据书报亭的工人说，小朋友已经在原地静静等候主人大约5、6个小时了。当时现场有许多闲杂人垂涎这条金猎犬，有的是喜欢金毛的粘人可爱，有的是垂涎金毛的价值不菲，也有的干脆就看中了金毛的那身肉肉。葡萄熟了要为金毛找主人，在大家怀疑的眼光中把金毛带回了家。

葡萄熟了想帮金毛找回自己的主人，相信如果它是不小心走失的，那么它的主人一定很着急。葡萄熟了想，如果这金毛是有准养证的，那么头颈里就应该有电子芯片，而电子芯片里应该有主人的信息，这样也许就可以顺藤摸瓜找到金毛的主人了。但是葡萄熟了又担心，万一犬类管理部门测下来这条金毛没有办过证，那么作为无证犬就会被没收送到狗狗死亡集中营，这是任何一个爱狗人士所不愿意看见的。

还有，假如这条金毛是被主人遗弃的，那么葡萄熟了愿意收养并为它办证。

程馨予每天都着急地翻阅各个网站的回帖，大部分是"希望金毛找到主人"之类的祝福帖子，也有一些经验丰富的网友提出一定要谨慎核对防止冒领之类的话。

程馨予万万没有想到，她这个简单明了的帖子，到以后的发展走向居然有点复杂化起来了。在 Y 宠物网站，先是有个叫天使妹妹的新同学跟了帖，大致的意思是说，自己在相近的地点和相近的时间丢失了一条相同品种的狗狗，所以希望乐芝能够尽快安排见面认领。

程馨予则跟帖希望失主能够提供丢失狗狗的照片和特征,天使妹妹提供了照片和特征之后坚持要求尽快和狗狗见面。天使妹妹的那些要求见面的文字写得比较有感情,程馨予看见了就心痛不已,立即想起了始终不能忘怀的小贝,想起了许多打电话来提供线索的好心人。

　　这些很有感情的要求见面的文字,击中了许多爱狗人士心中最柔软的地方,因为这个 Y 宠物网站对乐芝这个人不太熟悉,于是有人开始攻击楼主居心何在,为什么这般冷酷,难道安排失主和金毛见面有这么困难吗? 各种各样的误会和怀疑也随之而来,猜测最多的是楼主自己想要把金毛留下了,还有就是吊主人胃口以索取高额报酬。

　　BBS 是开放自由的,人人都可以发表自己的观点。随着天使妹妹的进一步炒作,Y 宠物网站上善良的网友出于爱狗心切,也出于正义,对乐芝的批评更为严厉了。

　　乐芝的心里是有点委屈的,但却没有在网上做出任何解释,只是跟帖再次重发了捡到金毛的葡萄熟了的邮箱,让天使妹妹自己和捡到金毛的当事人联系。

　　Aigou 看到这样的网上纷争,觉得非常奇怪。他认为大多数网友的批评还是很有道理的,这样拖着不安排见面认领,对狗狗和犬主都是一种折磨啊! aigou 不知道是什么环节发生了问题,因为凭他对乐芝的了解,程馨予绝对不是那种不明事理的人啊,也许这里面另有隐情吧,便约了程馨予在茶坊见面。

　　"说说看,那里面都有些什么故事?"aigou 开门见山地问。

　　"说实话,其实那个葡萄熟了我也不太熟悉的,她好像也是从我的个人 BLOG 上才知道一些关于救助流浪狗的事情,所以她捡到金毛就找上我了;葡萄熟了她平时好像也不上宠物网站的。我觉得人家葡萄熟了也是一片好心啊,再说那狗狗和狗主人也很可怜,所以我才帮忙在其他几个网站一起发帖招领的。"程馨予态度不温不火地说。

"那人家照片也上了,特征也说了,你干吗还不安排那主人和金毛见面啊? 你不知道人家着急吗? 怎么感觉人家已经在火里了,而你还在水里呢? 想想你当初丢失了小贝,你是多么伤心啊!"aigou追问。

"现在的关键是人家葡萄熟了自己觉得那个天使妹妹发在网上的照片和她捡到的金毛不太相像啊,我给天使妹妹发E-MAIL说那照片不像,可天使妹妹就说那照片是金毛小时候拍的,最近的照片没有,更不要说金毛和主人的合影了。"

"那特征呢? 人家不是说了特征吗? 像不像啦?"

"你经验这么丰富,怎么就看不出来呀? 她说的那些特征都是金毛猎犬共性的特征,但是葡萄熟了捡到的金毛有个很明显的特征,一般的金毛鼻子都是黑的,但是这条金毛黑鼻子上有一块明显的白色印记。"

"哦,是和你们家小贝一样的特征……"

"那你说,那主人和金毛朝夕相处养了一年多,还能说不出它鼻子上的印记吗?"程馨予问。

"是啊,只要是真的主人,绝对不可能说不出这一印记的。我现在想起来了,天使妹妹那些煽情的内容其实只是反复向大家证明他们家养过金毛丢失过金毛而已,并不能直接证明葡萄熟了捡到的那条金毛就一定是他们家的。哦,你还记得当初小贝被偷时那男人如何教你去冒领狗狗的吗?"aigou也立刻反应过来了。

"我当然记得咯,所以说核对主人一定要慎重呀。我也真觉得奇怪,我反复发

104

E－MAIL 给天使妹妹,让她自己向葡萄熟了说明狗的姓名、狗证号码以及狗的具体特征,她却始终回避。但是她在网上又反复强调已经把所有这一切通过 E－MAIL 告诉当事人了,继续煽情要求与金毛见面相认,博得了很多人的同情,而葡萄熟了又说天使妹妹什么也没有说。所以我只能在网上反复强调说,让他们当事人自己联系自己解决吧。再说,葡萄熟了的工作好像也很忙,神龙见首不见尾的,我和她的联系手段也就是 MSN 或者 E－MAIL,但是人家葡萄熟了不上来,我也只能干着急呀。"程馨予说。

"那你为什么不在网上辩解呢? 不感到委屈吗?"aigou 问。

"怎么不委屈呢,但是我又能为自己辩解什么呢? 我该说得已经都说过了,BBS 本来就是自由宽泛的平台,人们有权表达自己的想法,而且大家的出发点也都是为了爱狗,有些误会纯粹就是因为爱狗心切而造成的,人家并没有什么险恶的用心啊,我何必为他们一时的误会去争执呢? 那样只会造成更大的误会和矛盾,也影响爱狗人士之间的团结。其实时间就能证明一切,事实也会消除误会的。"程馨予微笑着说。

"是啊,狗和爱狗的人在这里本来就属于弱势,所以彼此伤害只能是无谓地消耗爱狗力量。"aigou 非常欣赏程馨予的宽厚大度,他最看不得有些女孩子的小鸡肚肠。

"我认为真正爱狗的人心里应该是充满爱的,所以我很希望养狗的人特别宽容特别温和特别善良,让人家一提起养狗的人,脑子里第一反应出来的就是彬彬有礼的绅士和淑女。"程馨予特别理想的说。

"可事实上这是不可能的呀,有些养狗的人啊,弄得像个小刺猬,为了自己的狗狗特别喜欢和人吵架,好像不喜欢狗的人都是坏人,其实有些人不喜欢狗是因为怕狗,我以前小时候也蛮怕狗狗的,我们应该尽可能温和地让人家先不怕狗,然后再慢慢以我们文明的养狗方式感化人家,尽可能地减少恨狗人的数量。"其实 aigou 也是一贯提倡养狗人要文明的。

"不管养狗是你的爱好还是爱心,但是无论如何都要尽量不影响别人的正常生活,而且应该用非常文明的养狗行为来争取大家的理解,也是为了给自己爱的狗狗争取一个良好的生存环境。我最看不惯有些人的狗狗拉完大便后,那主人就像没有事似的。狗狗当然不懂拉了大便要处理掉,但你主人应该得懂啊。"程馨予很感慨。

"是啊,不要说人家不喜欢狗的人,就是我喜欢狗的人看见满地的狗粪心里也不爽的呀。许多人痛骂打狗队,但是他们没有想到打狗队都是因为有人举报而来的。其实所有发生在狗身上的问题,归根结底都是因为人的问题。"aigou 深有感触地说。

"嗯,其实我倒觉得狗的问题也许根本不应该让警察来管,而应该让卫生防疫部门来管。其实让警察来承担这项职能本身就是很尴尬的事情,而且已经损害了警察的形象。"程馨予说。

"对,或者应该让社会力量来管理,就像交巡警雇用社会牵引车的管理模式,专门收留无证犬,让犬主补办证后领回,并且可以收取寄宿费。"aigou 说。

"现在办证的高额收费吓退了许多人,所以办证的门槛一定要低一些,费用合理一些,但是手续一定要更完备一些,服务要更周到一些,无论什么时候只要看见走失的狗狗,有关部门都能够立即根据电子芯片的线索把它送回家。如果办证的门槛已经很低了,费用也非常合理了,但是还有人不为自己的狗狗办证,那就要绝对严惩,当然是惩罚主人,而不是狗狗。还有如果办了证又随意遗弃的,也要严惩主人!"程馨予说。

"对!我觉得不管狗狗发生什么样的问题,都应该是惩罚主人,罚得他得不偿失,那他以后就再也不会不办证了。"aigou 说。

"是的,今后的小动物保护法很重要的就是规范人的行为,向人较劲,而不能像现在这样净和小动物较劲。"程馨予说。

"还要向有些宠物医院的医德医术较劲,现在有许多流浪狗是因为宠物医院的漫天要价造成的。"aigou 说。

"真希望我们的儿子孙子能够享受到我们努力的成果,到我们孙子再谈论起当初爷爷奶奶为救助流浪狗而心力交瘁时,就会如同我们现在谈论好几代老祖宗的裹小脚和妻妾成群那样。"程馨予说。

"前一阵我在报纸上看到过一则报道,说南方一个大城市里合法有证的狗只占百分之一,高达一万元的费用导致了这个法规形同虚设。" aigou 说。

"这太搞笑了,我觉得这是对那个不切实际养狗法规的嘲弄。"程馨予笑了。

"可是结果并不搞笑啊,随着这篇报道而来的是那个城市的大规模打狗行动,被嘲弄的是法律,但倒霉的还是狗啊。"aigou 神色忧郁地说。

......

"对了,最近好像有几个城市挺开明的,养狗不再需要办证了,这样狗狗的日子就好过多了。"程馨予还是想到了开心的消息。

"其实这对狗狗来说未必是一个好消息啊。你想想看,那里养狗突然不要花钱办证了,多少心血来潮的人跃跃欲试想要养狗了,但是你能保证其中有多少人能够认真负责坚持养下去呢?没有能够被主人坚持养下去的狗狗有很多就只能成为流浪狗了。再说,不办狗证那就是彻底失控了,卫生防疫的问题怎么控制?万一惹出些什么事情来,人们到时候迁怒的还是狗狗。我不会忘记非典时期的疯狂灭狗。"aigou 的想法比较深刻。

"唉,有道理,我还真没有想到这一层呢。"程馨予佩服地说。

"程馨予,我一直有个梦想,梦想有一天我会开一个集休闲观赏旅游度假为一体的人宠相融乐园,我会在这个乐园里开辟一个流浪狗收留场,老弱病残的狗狗在乐园里养老送终,身体健康的提供给爱狗人士收养。" aigou 的脸上写满了憧憬。

"呀,我的梦想和你是一样的。我做梦都在想,到大学毕业了,去营造一个狗狗乐园。"

十九、
为狗狗办证都是因为自己没花头

程馨予突然感觉自己仿佛重新认识了 aigou，那是一个既感性又理性的男人。

那天晚上，aigou 便上到 Y 宠物网跟了个帖子。

天使妹妹，去年的初秋，我朋友家的苏牧小贝在自家封闭式花园里被偷走，至今没有找回，所以我非常理解您此时此刻的焦虑心情。

乐芝是位很有爱心的小动物保护者，她救助了许多狗狗，这里暂且不说。乐芝在获悉朋友捡到金毛的第一时间就发出了寻找主人的帖子，可谓非常热心。

天使妹妹，您现在应该做的也必须做的是，在和捡狗人单线联系时请务必说清3点：1. 狗名。2. 狗证号码。3. 显著特点。

我了解到，那条金毛在外表上是有显著特点的，而这个特点作为主人是完全应该掌握的，所以我充分理解捡狗人坚持要求您必须向她事先说明显著特点，因为任何视力正常的人当面见着了这条金毛，都能够立即说出这个特征的。

天使妹妹,据我所知,您在邮件中所提供的特征细节只是您在网上发帖内容的重复,但是您并没有提及那个非常重要的显著特征。也许是您疏忽遗漏了,也许您的金毛和那条捡到的金毛只是在时间地点上的巧合?

再一次提醒天使妹妹,赶快在邮件中说明狗名、狗证号码和显著特点吧,别让大家都为您着急,也别让你的金毛着急。

aigou 的这个跟帖好像并没有起到作用。电子芯片的测试结果出来了,那条金毛没有电子芯片。但是知情人不敢在网上发布这个消息,生怕因为无证犬而被抓进死亡集中营去。

在 MSN 上,天使妹妹和葡萄熟了聊天时终于承认,那条金毛确实没有办过证。那天使妹妹居然说,他们家和狗司令的关系很铁,办不办证无所谓的,为狗狗办证的人都是因为自己没有花头。天使妹妹还说自己很有钱,会付给高额报酬的。这让葡萄熟了很受辱,她强调不要报酬,但一定要准确说出狗狗特征。不知道为什么,一说特征,那头天使妹妹就突然没有回音了。

网上,天使妹妹的谎言在继续,煽情在继续,大家的误会也在继续。葡萄熟了这个很少上网的人实在没有想到网上的压力居然能够这么大,被迫放弃了原则,算了,既然她要就给她吧。

知情人获悉葡萄熟了已经和天使妹妹约定了与金毛见面的时间,大家都希望不要再节外生枝。然而就在要见面的当天,天使妹妹却还故意继续在其他网站发帖煽情呼吁要和自己的金毛见面。

本来我希望不大,是你们点燃了我心中的希望之光,那就给我个辨认的机会吧？为什么又扑灭这希望之光呢？我现在备受煎熬！我多么希望我从来不知道有这个希望啊，现在你们是不是改变主意了，那也请告诉我一声，让我死心吧，我每天清晨半梦半醒时满脑子都是狗狗和网站上的内容，写这些东西时就在流泪，我想给我个判决总比现在的折磨要好过！谢谢

跟着这帖子的当然还是声讨，最多的是认为有人想借金毛敲诈钱财。乐芝本身和葡萄熟了也不太熟悉，所以也没有就金毛的事情再发表任何意见，只是保持沉默，静观事态发展。但是其实程馨予心里非常担心，万一那个葡萄熟了真的提出索要报酬，那可是怎么也洗不清自己了！

程馨予私下和 aigou 在 MSN 上也试图破译天使妹妹的动机，猜测也许天使妹妹是以小人之心度君子之腹，以为捡狗的人会索要些什么，所以便利用 BBS 上爱狗人士的善良形成强大的舆论压力，逼迫捡狗的人来放弃索要钱财。或许这天使妹妹还另有动机，但程馨予和 aigou 的两个脑袋都没有猜出来。

最终的结果当然是天使妹妹如愿以偿地得到了金毛，没有花 1 分钱，也许这就是她最初计划的目标，当然也有可能是因为其他难言之隐。葡萄熟了还真是好样的，没有让程馨予感到难堪。

111

二十、
她看着屏幕足足5分钟没有回复

宽容后天就要回申川了！刚刚和宽容通完电话的程馨予心情自然是超级开心。

然而让程馨予马上感到不爽的是，紧接着就收到了众众领养人杰克发来的坏消息：他们夫妻俩又为了众众吵得不可开交了！

上次他们夫妻俩吵架是为了众众办狗证的事情，当时程馨予已经花钱替众众办了户口，但是没有想到杰克和程馨予是在两个区的，在这个城市，狗是不能像人那样办理户口迁移手续的，只要搬了家就得另外花钱办新户口，让人感觉关键是在于钱，而不是在于户口。杰克的老婆却死活不肯花这笔冤枉钱，还说他们夫妻俩反正都是区政府的，机关里不办狗证的人多咧，即使一不小心被DGD抓去了，难道还会没有办法去把它弄出来吗？而程馨予却觉得，即使他们夫妻俩搞定了公安局把狗狗弄回来，但狗狗在里面的苦头也就已经吃足了，所以只好自己再掏钱出来替众众办了第二个户口。

"众众的新户口不是已经办好了嘛？怎么还在吵啊？"程馨予觉得有些奇怪。

电话那一头，杰克开始不肯说，后来经不住程馨予的再三追问，他才吞吞吐吐地透露，其实他们夫妻就是为了程馨予而吵。

通常救助流浪狗是个三部曲的过程。首先是第一救助人发现和营救流浪狗，然后是为流浪狗体检、治疗、调养，接下来是在茫茫人海中为救助的流浪狗寻找合适的领养人。其实对流浪狗实施救助和治疗并不是一件难事，最让救助人心力交瘁的难事是为救助成功的流浪狗寻找领养人。一旦为流浪狗物色到了好人家，那份喜悦是难以言表的。但是有过亲身经历的朋友都有这样的体会，一旦把自己亲手救助的流浪狗送出去之后，心里的那份感情却是难以割舍的，思念的煎熬迫使你渴望了解小朋友在新家的点点滴滴，那种感觉也许就像做母亲的嫁女儿一样。

众众到了新家，X宠物网的网友们也非常关注小朋友在新家的适应情况，希望能够杰克多发一些众众在新家的照片。杰克的妻子看见老公为了众众老是上网，心里就已经有些不舒服了。然而真正爆发出来，则是因为程馨予带了大包小包的宠物用品去回访众众。

杰克的妻子难以理解程馨予对于众众的那种刻骨铭心的感情，根本无法相信她花费好几百元大洋买这些东西纯粹就是为了看一条流浪狗，总感觉这是醉翁之意不在酒，现在的大学生真的很难说，更何况她来自美国这样一个开放的社会。杰克的妻子认为要守住自己的家园，就只有扎紧篱笆。

小夫妻不断升级的争吵惊动了双方父母，老人们都觉得既然争吵是为狗而起，那解决矛盾的最好办法就是把狗送走，5比1的悬殊比分，让杰克无法抗争。

程馨予像是突然被一记闷棍击中，郁闷得半天说不出话来，深受侮辱的她委屈地流下了眼泪。说起来程馨予的自我感觉还算良好,而且物以类聚人以群分,周边出类拔萃的精英男孩也并不稀缺。无论在美国,还是在中国,自己身边从来就不乏蠢蠢欲动者,她还不至于饥不择食地去抢别人的老公吧。

程馨予非常担忧众众在杰克家里的处境,说不定那家女主人会迁怒于小朋友,把它接回来已经是刻不容缓了,否则也许众众真的会受到伤害的。亲历了委屈和打击,也亲历了思念和煎熬,程馨予决定把众众留在家里和乐帝做伴。

本来程馨予可以骄傲地挽着宽容的臂膀去把众众抱回来,让杰克妻子的猜疑不攻自破,可关键时刻偏偏宽容不在申川!程馨予不敢让乐天陪着去,生怕他浮想联翩,这样其实是会伤害他的。让天空或者大师陪着去?她又觉得不够帅,不足以消除别人的臆想。

程馨予把杰克老婆带给她的郁闷,还有对两地分离的委屈,一股脑儿撒给了网络那头的宽容,最后还是宽容建议让 aigou 去。程馨予想来想去,觉得 aigou 还算是个不错的人选,体格身高马大的不算,脸还长得特别帅,和 edison 有得一拼,这样的男孩拿出去展示绝对不丢程馨予的脸。

程馨予打开 MSN,看到乐天在线上,程馨予在 MSN 上找到了 aigou,她看到乐天也在线上,赶紧为自己设置了"离开",然后点开了 aigou 的对话框。

乐芝·我要给众众一个家 说:

"设置了离开是为了和你聊天。"

aigou 有贼心没贼胆 说:

"受宠若惊,狂喜。😃"

114

乐芝·我要给众众一个家 说：

"派你个任务好吗?"

aigou 有贼心没贼胆 说：

"当然,荣幸 ing! 😄"

乐芝·我要给众众一个家 说：

"下午5点陪我去接众众好吗?"

aigou 有贼心没贼胆 说：

"晕,不舍得啦?"

乐芝·我要给众众一个家 说：

"当然不舍得啦,不过关键是杰克他老婆,唉,提起了心里就郁闷啊! 😷"

aigou 有贼心没贼胆 说：

"怎么啦?"

乐芝·我要给众众一个家 说：

"莫名其妙的我就和那个杰克闹出了绯闻,他老婆醋罐子打翻了。"

aigou 有贼心没贼胆 说：

"倒,他老婆也不看看,围在你周围有贼心没贼胆的男人不要太多哦,要不是为了众众,你恐怕连看他老公一眼的兴趣都不会有啊。"

乐芝·我要给众众一个家 说：

"就是啊,郁闷哦! 😺"

aigou 有贼心没贼胆 说：

"既然都这样了,为什么还要等到下午5点钟呀? 万一众众受到虐待该怎么办啊?"

乐芝·我要给众众一个家 说:

"杰克说他5点钟就会赶回家的,他老婆因为生气在家公休,叫我现在千万别去,免得和他老婆发生冲突。"

aigou 有贼心没贼胆 说:

"待会儿到杰克家要我怎么样? 摩拳擦掌,祖国考验我的时候到了! 😊"

乐芝·我要给众众一个家 说:

"干吗呀,我可没打算让你去打架,对你的要求很简单,做我的临时 BF。"

aigou 有贼心没贼胆 说:

"瓦咔咔,绝对美差耶,幸福死啊。🦋🦋"

乐芝·我要给众众一个家 说:

"正经点,要装得像,装得 very very like me 的样子,知道吗?"

aigou 有贼心没贼胆 说:

"OK,喜欢你那还用装吗? 我只是有那颗贼心没那颗贼胆罢了。🖤🖤🖤"

乐芝·我要给众众一个家 说:

"第一次看见你这么不正经,好像你变成乐天了。"

aigou 有贼心没贼胆 说:

"这是我这辈子最正经的时候。"

乐芝·我要给众众一个家 说:

"我还不知道你那颗贼心在你心目中的那尊女神身上啊?"

aigou 有贼心没贼胆 说:

116

"说对了。♥"

乐芝·我要给众众一个家 说:

"那该让你的女神知道啊,单相思多亏本啊?"

aigou 有贼心没贼胆 说:

"没贼胆就只能干亏本啦,如果连普通朋友也没得做,那就亏的更大了。"

乐芝·我要给众众一个家 说:

"窝囊哦你,发你把手枪,不成功则成仁。"

aigou 有贼心没贼胆 说:

"那我一定用手枪指着你的脑袋。"

乐芝·我要给众众一个家 说:

"我靠,指着你那女神去。"

aigou 有贼心没贼胆 说:

"是的,用枪指着你说,那女神 ID 叫乐芝,真名叫程馨予,我单恋她已经 N 久了。❧ ♥ ♥ ♥ ♥ ❧"

程馨予万万没有想到,aigou 心目中的女神竟然是自己,看着屏幕足足有 5 分钟没有作出回复。这 aigou,怎么和青春偶像剧中那种追捧女孩的套路不一样呢?

aigou 有贼心没贼胆 说:

"看来我本亏大了? 还能不能做普通朋友? 🌍"

乐芝·我要给众众一个家 说:

"当然,做普通朋友没问题,我保证。"

aigou 有贼心没贼胆 说:

"小声地问,比普通朋友进一步可以吗? 🌑"

乐芝·我要给众众一个家 说:

"当然可以!"

aigou 有贼心没贼胆 说:

"狂喜中……"

乐芝·我要给众众一个家 说:

"我理解比普通朋友进一步就是非常要好的朋友,你同意我的看法吗?"

aigou 有贼心没贼胆 说:

"我对你的任何看法答案只有不变地两个字,那就是:同意! 顺便问一下,明天的美差邀请继续有效吧?"

乐芝·我要给众众一个家 说:

"嗯!"

aigou 有贼心没贼胆 说:

"啦啦啦,啦啦啦,狂喜中! 😄"

程馨予没有再回复,她感觉 aigou 也应该算是个优秀男人的,自己也许可以尝试着把这个帅哥向自己周边的美女们隆重推出。

二十一、
是谁造成了数以千万的流浪狗？

下午，aigou 心情愉快地准时来到了程馨予家里。压在心里 N 久的话终于一吐为快，aigou 感到前所未有的轻松，也迸发出了很大的勇气。没有想到，aigou 和程馨予见面时，居然彼此都没有尴尬，自然的很。

aigou 的公开身份是程馨予的男朋友，所以到杰克家下车时，他强压住怦怦的心跳，主动抓住了她的手。让 aigou 激动的是，程馨予似乎并没有抽回手的意思。

摁响门铃之后，开门出来的是神色尴尬的杰克，aigou 和程馨予一开始并没有注意到他的表情，因为他们的视线是跳过杰克去看他的身后，等他们发现没有众众的存在时，才看到了杰克的一脸愧疚。

aigou 和程馨予不约而同地问："众众呢？"

"丢了。"杰克的声音像是从什么管道里发出来的。

"说什么？怎么丢的？什么时候？"程馨予厉声地问。

"半小时前吧，门一开它就蹿了出去，追也追不回来，后来就不见了。"杰克说。

"那你为什么还站在这里？为什么不出去找啊?!"程馨予气愤了。

"我出去找过了，找不到啊。"杰克回答。

"你躲在家里也算是在找吗?"程馨予尖细的喉咙用力起来。

"不就是一条流浪狗吗？跑了就跑了，有什么大惊小怪的呀！"杰克的老婆出来说话了。

"流浪狗怎么啦？流浪狗和你一样，也是这个地球上的一条生命！他们和我们一样，也有喜怒哀乐，也有痛苦感受。"程馨予的眼泪流了下来。

当初杰克信誓旦旦的，现在居然是这样的结局，程馨予把头埋在 aigou 胸前痛哭。aigou 心痛地紧紧抱住程馨予，腾出手来拨通了宽容的手机，告诉了这里发生的情况。宽容立即到各个 X 宠物网发了帖子，还不停地把电话拨了出去。

第一个赶到现场的是淘气姐姐，紧接着是茉莉花开、清清小夏、2666、迷惘、皮蛋妈和乐天，还带来了紧急打印出来的众众的照片，从四面八方汇聚过来的 X 宠物网兄弟姐妹在现场开起了紧急会议，最后决定划分五大区域兵分五路去寻找。宽容在北京守在网上，把来自前方的消息不断发布给无法外出或者是外地的网友们，网友们也不断地发动各自在这个区域的朋友帮助寻找。

5 个小时过去了，五路人马不断反馈过来的信息是令人沮丧的！晚上 10 点多了，大家还是不肯放弃，平时 FB 透顶的兄弟姐妹居然啃个面包将就着算是晚餐了。

夜深了，X 宠物网的另一批兄弟姐妹赶来换班了，直至凌晨，还是丝毫没有众众的消息。天渐渐亮了，网上的讨论还在激烈进行着。宽容认为，众众是在下午 4 点半左右丢失的，正好是下班高峰时间，一定会有许多目击者的，所以建议大家下午 4 点钟再到老地方去寻找目击者。

120

4 点不到,就已经有兄弟姐妹们陆续聚集在杰克家门口了,分工之后赶紧再次展开地毯式的搜寻,无论是平时"骄奢淫逸"的老板老板娘,还是在办公室显得"道貌岸然"的跨国公司总监级人物,都和 aigou 一样拿着众众的照片赔着笑脸挨个向过往路人询问,当然也免不了会受到讥笑或者白眼。幸好,在杰克家第二条横马路的地方,找到目击者了。

4 点 05 分,守候在杰克门口的 2666 首先得到了众众的信息,一位匆匆忙忙赶着去幼儿园接孩子的大姐告诉她,昨天也是这个时候看见众众好像受惊一样从门洞里蹿了出来,好像是往北逃的。根据这个信息,搜寻的队伍立即加强了往北搜索的力量。

4 点 15 分,一位民工模样的大哥说昨天好像看见和众众差不多的一条狗逃进了亿花园的小区,那是离杰克家往北五条马路的小区。

4 点 35 分,亿花园小区的保安很肯定地告诉大家,昨天下午看见众众闯进小区的,后来有人打了 110,有关部门用长夹钳把它带走了。其实昨天大家也到亿花园小区搜寻和询问过,可惜刚刚接班的保安并不知情,所以延误了一天。

拯救众众的紧急会议是在亿花园小区旁边的茶馆包房里进行的,求助帖子也通过手提电脑在网上发了出来,网友们纷纷联络朋友或者朋友的朋友,反正七转八弯的红外线紫外线统统向这个部门辐射进去,很快就证实众众确实已经被送往狗狗死亡集中营了。

赵海天的老爸赵万强是在所有的关系中算是最硬的,一会儿便有了实质性的回音,儿子挂了电话一声狂叫:"OH,YE,我老爸搞定了!"

X 宠物网的兄弟姐妹们听了好消息,也情不自禁欢呼起来,赵海天喜滋滋地告诉大家："我老爸刚才说了,对方已经一口答应了我们去领众众了。"

"对方开什么条件吗?"经验丰富的 2666 马上问。

"没有,带着狗证去狗办开领狗单就行了。"赵海天说。

"那你们抓紧时间赶紧去啊!"宽容在网上催促着说。

"噢,老爸说了,今天是周五,又已经过了下班时间,所以只能等到下周一上了班再说。"

程馨予听了眼泪立即就涌了出来,她不敢想象,众众那条脆弱的生命在里面是否能熬得到第 5 天? 她哭着说:"众众在里面熬不过 3 天的,众众会死的。"

赵海天看见程馨予的眼泪止不住了,赶紧又拨通了老爸的手机。赵万强经不住儿子的死缠烂打,只能答应再和人家商量一下。

所有人都焦躁不安地等待着赵海天的手机铃声响起,在等候了漫长的 20 多分钟之后,好消息终于传来了:赵万强约儿子在狗狗死亡集中营门口汇合!

程馨予再次走进了那个没有能够成为历史的狗狗死亡集中营,在血迹斑斑尿粪成堆的笼舍里,一身名牌的她抱起了双脚浸在污水里的众众,她扭过头不敢看背后的生灵,眼泪又哗哗地流了下来。她求助地看着赵万强叔叔,哽咽地说:"这些小朋友一定有它们的故事,谁能为它们开出辛德勒的名单?"

赵万强抽出纸巾递过去,拍拍程馨予的肩膀:"乐芝,这不是我们力所能及的,你想,这么多狗狗要是让它们重新流落到社会上去,那整个社会秩序肯定是要乱套的。"

"是谁造成了这数以千万的狗狗流落街头? 流浪狗的泛滥不正说明中国迫切需要一部小动物保护法吗? 还有中国的警察也太可悲了,他们为什么不把有限的警力用来抓坏人,而偏偏要把警力用在弱小无辜的小动物身上!"

"其实警察也很无奈很尴尬的,爱狗的人骂他们抓狗打狗,可是恨狗的人骂他们抓狗打狗还不够,真的是两头都不讨好啊!要知道许多无证犬都是没有经过免疫的,要是无辜的人被带有狂犬病毒的无证犬咬了,人传上狂犬病之后的死亡率可是非常高啊!警察的首要任务是保证人的生命安全啊。"

"狂犬病?可是为什么生在中国的狗狗会得狂犬病,生在发达国家的狗狗就不会得狂犬病呢?那是因为中国有许多人对为狗狗注射疫苗的概念很淡薄的,这就造成了狂犬病很难被控制,说到底还是因为中国没有小动物保护法!"程馨予感到痛心!

"你说的狂犬病被消灭那不是在发达国家嘛,要知道我们中国还是一个发展中国家,狂犬病还是一个很严重的问题。说到底关键是人的素质问题,养狗人群的文明程度提高了,这些问题都会慢慢解决的。"赵万强安慰说。

"人的素质也好,养狗人群的文明程度也好,那根本原因还是因为没有小动物保护法的,如果有了小动物保护法,养狗人群的素质和文明程度当然也不会一下子就好起来,但是他们就会受到很多制约,比如你养狗就必须去办证,必须打疫苗,而且你一旦养狗了就不能随意遗弃,无论狗狗生什么样的疾病都得给它治疗,否则养狗的人就会受到法律的严惩!"程馨予说。

"你说的的确很有道理。"赵万强笑了。

"如果这个国家有了小动物保护法,强制每条狗都必须低门槛的办证,国家就能控制防疫的问题,如果哪条有证犬漏打疫苗,那绝对要追究狗主人和管理部门的责任!这样狂犬病毒就会和发达国家一样被消灭,也就再也不会听见因为出现狂犬病而集体扑杀无辜犬的惨绝人寰的悲剧。其实，小动物保护法出台之后，最大的受益者可能还是人类自己。"程馨予说。

"你要相信，总有那么一天，中国会有一个兼顾两头的更人性化的小动物保护法出台的。"赵万强拍拍程馨予的肩膀，安慰说。

众众被 X 宠物网的兄弟姐妹送到了常去的那家宠物医院，检查下来发现除了一些细小的撕咬伤，似乎没有发现传染上什么疾病。时间已经晚了，宠物美容院都已经关门了，aigou 对程馨予说："我到你家去帮众众洗澡吧。"

乐天听了赶紧抢着说："我也去，我也去！"

程馨予说："乐天，以前乐帝你都是送到美容院去洗的，哪有帮狗狗洗澡的经验啊，我看你还是赶紧回去替我们谢谢你老爸，你和他可是今天的大功臣啊。aigou，你是有经验的，就一起来帮我吧。"

乐天虽然是很不情愿离开，但还是乖乖地听从了程馨予的安排，的确，今天应该好好谢谢老爸。

二十二、
拴在铁门上的小狗

李仲琪平时上网只是浏览新闻，或者到女儿常去的几个网站上潜一会水，从来不上 BBS 聊天的。有时候程馨予的 MSN 即使设置了"离开"，网友们还会不死心，问一下"在吗？"，通常李仲琪是不回答的，但也会遇到直接就上来聊天的，李仲琪便告诉他们"sorry，我是乐芝的妈妈"。

但是今天李仲琪一看见乐天上来，就立即点开了他的对话框。

乐芝·我要给众众一个家 说：

"乐天你好，我是乐芝的妈妈。很感谢你和你的父亲为众众所做的一切！"

乐天★★★★★★·豆豆祝福众众 说：

"乐芝妈妈你好，不好意思，我不是乐天，我是乐天的爸爸。"

乐芝·我要给众众一个家 说：

"噢，乐天爸爸你好，我还以为是乐天呐，实在太冒昧了。"

乐天★★★★★★·豆豆祝福众众 说：

"不,不是你冒昧,是我不好,我不太懂电脑,我不知道为什么一开机就上了儿子的 MSN,害你误会了。"

乐芝·我要给众众一个家 说：

"我也不太懂电脑的,可能是你儿子专门设置的吧,其实我这里也是女儿设置的 MSN 啊,我这是第一次在网上聊天。"

乐天★★★★★★·豆豆祝福众众 说：

"我这也是第一次在网上和人聊天呢,感觉蛮有意思的。"

乐芝·我要给众众一个家 说：

"我也感觉蛮有意思的,噢对了,刚才我想起和乐天聊天,就是为了要让他向你转告我们的感谢,现在巧了,不用转告了,可以直接感谢了,真的很感谢你为众众所做的一切。"

乐天★★★★★★·豆豆祝福众众 说：

"举手之劳,不足挂齿。"

乐芝·我要给众众一个家 说：

"你拯救了一条生命,感谢你!"

乐天★★★★★★·豆豆祝福众众 说：

"不,是你们拯救了一条生命,听我儿子说,众众到你们家时几乎已经奄奄一息了。"

乐芝·我要给众众一个家 说：

"我女儿一直不懂为什么世界上有这么残酷的人？不懂这个社会为什么如此

漠视生命?"

乐天★★★★★·豆豆祝福众众 说:

"你培养了一个好女儿,她很有爱心,也很有思想。"

乐芝·我要给众众一个家 说:

"可她毕竟还是个孩子,却不得不接受这么多残酷的现实。"

乐天★★★★★·豆豆祝福众众 说:

"这就是大千世界,无论现实世界是怎么样的,孩子们们都必须去面对,这样他们才会成熟起来。"

乐芝·我要给众众一个家 说:

"说得很有道理,我们家真是幸运,遇上了你这样的好人。你们家乐帝给我们家带来多少的快乐,还是要感谢你!"

乐天★★★★★·豆豆祝福众众 说:

"真的不用谢,其实是你们给了乐帝幸福,要说谢倒是我应该说声谢谢的。乐帝最近好吗?好久没见它了,真的有些想念。"

乐芝·我要给众众一个家 说:

"哦,不好意思,都怪我们不好,应该早点邀请你们来探望乐帝的,你们选一个日子提前告诉我们就行。"

乐天★★★★★·豆豆祝福众众 说:

"好啊,乐芝妈妈,我儿子知道你的邀请一定会非常高兴的,时间就由你来决定吧。"

乐芝·我要给众众一个家 说:

"那明天的时间你们是否安排掉了？是否会有些仓促？"

乐天★★★★★★·豆豆祝福众众 说：

"不仓促，不仓促，明天周日，正好没有事请安排啊。"

乐芝·我要给众众一个家 说：

"要不征求一下两孩子的意见后，晚上再具体确认。"

乐天★★★★★★·豆豆祝福众众 说：

"那好的。"

……

"乐帝、乐帝。"乐天在花园外就已经看见了乐帝的身影，不由开心地直叫。

这一次乐帝没有像在机场久别重逢时那么扭捏，也许是在小饭馆修复的感情吧，它跟老主人赵海天亲热了许多，众众也跟在后面皮，弄得程馨予手里抱着的小乐乐也跟着瞎起哄。

"哦，是赵先生是哦？我是李仲琪，欢迎欢迎啊。"李仲琪赶紧迎了上去。

"哦，李女士，你好你好。"赵万强赶紧回应。

在客厅坐下来之后，寒暄的话题先是天气，后来是众众，再后来是乐帝，还有小贝，再还有就是程馨予手里抱着的小奶狗乐乐。

"小贝被偷走时，我们真是伤心极了，乐帝的到来给我们家带来了很多快乐，真是太感谢你了，还有乐天。"李仲琪发自内心地说。

"哪里的话，我还要谢谢你们呐，让我们乐帝这么幸福，那会儿我们海天不在这里，乐帝跟着我真是受委屈了。"赵万强也真诚地说。

"乐天也非常喜欢乐帝,我看该是乐帝回归你们家的时候了,好在我们现在也有众众了。"李仲琪看到赵海天陪着乐帝玩得非常开心,便说。

"那怎么行,乐帝是乐帝,众众是众众,我们已经把乐帝送给你们了,怎么可以再要回来呀,再说我看你们乐芝也早就和乐帝难分难舍了。"赵万强笑着说。

"阿姨,乐帝还是留在你们家比较好,否则它老妈还不伤心死啊,不过你们可得保留我这个做老爸的探视权呀,想儿子了就过来探望,说不定哪天老妈开心了,我们姓乐的合并同类项一家三口外出玩去了。"乐天说着。

客厅里的其他三个人不知道如何接赵海天的话,只好沉默,氛围就有些尴尬。

李仲琪接过程馨予抱着的小奶狗乐乐,提议说:"咦,馨予,你赶紧让乐帝汇报演出吧?"

"噢,对了,对了,我们小乐帝的汇报演出现在开始了。"程馨予知道老妈这是在为她解围。

"来,小乐帝,过来,嗯,听妈妈话过来。"程馨予向小乐帝发出了指令。

正和乐天玩得欢的乐帝听到妈妈的指令,立即撇下乐天,歪得叼着个球慢腾腾慢腾腾走过来,像叼着烟斗的黑社会老大一样,哈哈,小乐帝真的可爱死掉。乐乐就和老大不一样,小乐乐它都是小身体跳哦跳哦 p 颠 p 颠跳过来的,也是超可爱的。

"哦,小乐帝乖乖,小乐帝乖乖哦。"程馨予高兴地赶紧摸摸乐帝的肚子表扬了一番。

乐帝受到妈妈的表扬,显得更乖了,眼睛直盯着程馨予等候下一个命令。

"小乐帝,坐下。"程馨予给乐帝发指令的语气是极其温柔的,不像专业训犬人员的命令那样严厉。

　　妈妈的命令虽然很不严厉，但乐帝执行起来却是一点没有含糊，立即姿势端正地坐下了。

　　"嗯，小乐帝乖乖。"程馨予摸着乐帝表扬之后，又下达了新的命令："小乐帝，我们握握手。"

　　乐帝动作准确地伸出前爪去握妈妈的手，又随着妈妈的指令换了一只前爪来握手。

　　"好，小乐帝做得很好，现在让我们来表演趴下好吗？"程馨予好像在和乐帝商量。

　　乐帝马上把四肢伸直，迅速地趴下了。

　　"好，小乐帝，让我们滚翻给大家看好吗？"程馨予布置了新的内容。

　　乐帝听从指令，不折不扣地在地上滚翻，尤其是四脚朝天露出一肚子雪白的毛发时，显得特别憨态可掬。

　　"好，小乐帝跟着妈妈走，不能离开哦。"程馨予在厅里没有规则地走来走去，乐帝始终紧紧追随着妈妈不离开一步。

　　"好，小乐帝站住，别跟着妈妈，不好动哦。"程馨予一边说，一边自己离开乐帝走得远远的，但是乐帝却始终站在原地不动，但视线却一直追随着妈妈。

　　程馨予和远处的乐帝对视了一会儿，轻轻地招招手发出指令："好，乐帝过来。"

　　乐帝立即踩着小碎步快乐地向妈妈一路小跑过去。

　　"乐帝，原地弹跳。"乐帝按照妈妈的指令，不停地弹跳起来，不叫它停下来就绝不会停。

"好,停!"乐帝听到妈妈的指令,立即紧急刹车停止了表演,由动到静。

"好,乐帝,让我们来些高难度的动作吧。"程馨予拿出高一米宽一米的塑料障碍:"来,乐帝,跳过去!"

乐帝在妈妈的指挥下,毫不犹豫地跃过了障碍,博得了大家的掌声。

乐帝的表演越来越进入状态,给足了妈妈面子,程馨予又拿出呼啦圈。

"来,小乐帝钻。"程馨予高高提起呼啦圈,发出了指令。

"嗖"地,小乐帝穿越了呼啦圈,又掉头穿越过来,乐此不疲,又赢得了大家的掌声。

乐帝开始表演衔球了,程馨予把球球抛出去,乐帝立即冲过去衔回来交给妈妈。扔得快它就衔得快,非常忠实地把球球交给妈妈。乐帝还表演了跃起空中接球,网球在地上弹起来,小乐帝一跃而起接住了空中的网球。

乐帝的压轴表演可是最最拿手的强项,那就是拒食表演。程馨予拿出了乐帝很喜欢吃的鸡肉干,一边送到乐帝的嘴边,一边温柔地说:"乐帝不吃哦,乐帝不吃,乐帝只能先闻闻。"

果然乐帝只是闻闻而不吃,一直等到程馨予下令说:"好,乐帝吃吃。"乐帝才动作非常优雅地慢慢吃了起来。

赵万强父子俩怎么也想不到,他们家的乐帝刚才居然完成这么多高难度表演。

"把乐帝送马戏学校学的?"乐天问。

"没有。"程馨予得意地微笑着摇摇头。

"那……是谁教的乐帝?"乐天又问。

"当然是我呀。"程馨予更得意了。

"你,怎么可能?"乐天不敢相信。

"什么意思啊? 为什么我就不可能呢?"程馨予没有尾巴,否则那尾巴一定得意地在摇。

"那你……说说看怎么教的?"乐天真的是有点将信将疑。

"靠成功教育啊,主人一定要有足够的耐心,小朋友哪怕只要做对一点点,你就要大张旗鼓地表扬,让它真真切切强烈感受到主人的喜悦,其实小朋友自己也会很努力地去做让主人感到高兴的事情的,只不过很多时候小朋友并没有搞明白主人喜欢它做什么,不喜欢它做什么。"程馨予很有经验地说。

"呵呵,我看乐芝以后大学毕业了可以办个狗狗学校了。"赵万强笑着说。

"我在高中文理科分班的时候曾经思想斗争了好几天哦,看看宠物医院的糨糊现状,我是很想选理科,报考兽医的,但是想来想去,我这个连给狗狗打针都不舍得的,要为狗狗开刀那肯定是要晕过去了。所以只好放弃了学兽医,但是我又觉得自己的选择很对不起许多苦难中的狗狗的,所以将来只要有机会我一定会去开一个宠物乐园的。"这个梦,程馨予已经做了很久很久了。

大家正为宠物乐园讨论得兴起,突然乐帝和众众兄弟俩一起朝着花园吼叫了起来,于是大家赶紧往花园里看,发现有个穿灰衣服的男人正在往程馨予家花园铁门上拴一条小狗。

程馨予和乐天随着乐帝、众众兄弟俩冲到花园时,那男人已经不见了踪影。拴着的小狗是条说不出名的串串,旁边还留下了一个纸条,上面写着:"我一直很喜欢狗狗,没有想到这条狗狗居然皮得要命,把我们家许多东西都咬坏了,还到处乱撒尿,所以我不可能再留它了。但是我又不忍心让它成为流浪狗,那样它就太可怜了！你们家对流浪狗的救助远近闻名，所以我考虑再三还是决定把它送到你们家，这样也是给它一条生路，其实也算是为狗狗负责吧。狗狗叫当当，已经两个多月了，身体很健康。谢谢！"

看见这样的字条，李仲琪母女俩真得有些哭笑不得，不知道该说那灰衣服的男人究竟是负责，还是不负责？家里已经有了乐帝、众众和乐乐三个小朋友了，现在又有一个被遗弃的小朋友被送上门了，但是面对一条无辜的小生命，李仲琪母女俩不可能还有其他的选择，只好收留下了可怜而又幸运的当当。

老规矩，先是抱当当去体检，OK，身体还真不错，在医院洗澡之后当场就打了六联。

才半天下来，李仲琪母女俩就算彻底领教当当的厉害了，小家伙对拖鞋、门垫还有地毯都有着超强的破坏力，还常常追逐着乐帝和众众跳台跳凳地躲着它，乐乐更是一有机会就让人抱着不肯下来了。

"不得了啦，小家伙闯大祸啦。"郑阿姨突然在楼下大声惊呼。

李仲琪母女以为发生了什么大事，赶紧下楼去看，原来转眼工夫，走廊里的三人藤沙发已经被小狗狗当当啃掉了一大片。

"难怪当当的主人会怕了它，你这个小东西居然这么调皮啊。"李仲琪笑着摸了摸当当的头。

二十三、
冥冥之中感觉到的命运

"乐乐，乐乐。"宽容终于回申川了，他拍着手向乐乐敞开了胸怀。

小奶狗乐乐没有忘记曾经把它拥入怀抱给予温暖的救命恩人，它甩动着小尾巴雀跃地跳入宽容那熟悉的怀里。

乐乐在宽容怀里不满足地想要往上爬，宽容善解狗意地把脸颊转过来凑近乐乐的嘴嘴，乐乐非常高兴地伸出小舌头去舔宽容的脸颊，哦，超超会发嗲的小乐乐，宽容和乐乐都感到了巨大的精神满足。

其实估计乐乐应该也有五六个月了，但因为体型小的关系总觉得它还好小，经不起一点点碰的感觉。通向花园的那三级台阶，乐乐现在已经可以一跃而下了，可是刚来时它上下楼梯都挺害怕的，赖在那里不肯下来，还呜呜呜地发脾气乱叫，吵着要抱抱呐。哦，疯狂的小乐乐……会轧苗头的小乐乐……可爱死掉的小乐乐！

有一次，小乐乐吃了太多的东东，肚子胀是胀得来，滴里滚圆的好像要爆炸了，大家挺害怕的，小心翼翼地引着它在客厅里跑来跑去，帮助消化一下呀，小东西跑起来又超可爱的,像小兔子那样一跳一跳的,两耳朵还一甩一甩的,哎呀呀,它实在是超超可爱,嘀嘀,这句话好废啊!

唉,按照约定,宽容和程馨予今天就要一起把小奶狗乐乐送到戴维夫妇家里。宽容拼命的和乐乐玩耍,掩饰自己的依依不舍。

下午,宽容抱着乐乐和程馨予一起上了车,乐乐还以为是去郊游,非常兴高采烈的,因为上次李仲琪母女曾经带着他们哥几个外出郊游过一回,外面的世界真的很好玩。但是乐乐毕竟只是条狗狗,它不会问为什么这次出去没有带乐帝和众众。

戴维家是一楼复二楼的房子,底下的花园足够让乐乐玩耍的,宽容对戴维家的环境非常满意。交谈下来,宽容的直觉对戴维夫妇的人品感到满意放心。

无论戴维夫妇想方设法逗着小奶狗乐乐,乐乐却始终把头埋在程馨予的怀抱里,根本不肯理睬他们,也许冥冥之中它已经感觉到自己的命运将会被改变。

"我的乐乐,乖,这是你的新爸爸新妈妈,乐乐,你不是被遗弃了,你这是找到了家啊,他们会和我们一样宝贝你的,乐乐,我们还会来看你的。"程馨予和宽容在乐乐的耳边喃喃细语,百般哄着它。

但是乐乐两只爪子拼命抓住程馨予的肩膀,紧紧赖在妈妈的怀抱里,死活也不肯下来。

"来,乐乐。"宽容对乐乐拍了拍手,做出要抱它的样子,乐乐没有设防地立刻松开手投入了恩人的怀抱,但是乐乐万万没有想到,宽容居然乘乐乐还没有防备,马上就把乐乐转手送到了戴维的怀抱后,摸着乐乐的头便匆匆告辞了。

背后传来的凄厉哭泣和哀嚎揪住了程馨予的心,以前乐乐发嗲吵着要抱时,总是会发出奶声奶气的类似像猫叫的声音,程馨予是第一次听到乐乐的声音里没有

135

了奶声奶气，它是那么得绝望无助，她的脚变的那么沉重，以至于挪不动半步。

宽容紧紧握着程馨予的手，心爱的女孩那蒙着泪光的瞳仁里透出令人心痛的无奈，终于，蓄在眼眶里的委屈的泪水簌簌地滑落了下来，顺着她的脸颊。宽容轻轻地按着程馨予那因为抽泣而不停颤动的瘦削的双肩，怜惜地用手帕拭去她脸上的泪水。

每次送走找到领养家庭的流浪狗，救助人都好像送走的是自己的孩子一般，送出去的孩子就如同放出去的风筝，线始终牵挂在救助人的心里。

"乐乐每天都在和我们对抗，狗粮它根本不吃，拌了西沙也不愿意吃，安娜专门替它煮了羊肉，乐乐还是不肯给我们面子，还从来不愿让我们碰它，还不停地呼我们。到了晚上，虽然它挺敌视我们，但还是希望我们陪着它，我们一离开它就发出嚎叫。"戴维非常烦恼地给程馨予打电话。

"可能是因为乐乐它还太小，到了新家有个适应过程，求求你们再给乐乐一点时间好吗？相信它一定会适应的。"乐乐在新家的消息让程馨予非常担忧，替流浪狗找到一家好的领养家庭非常不容易，乐乐，你要争气，你要加油啊！

"你们放心，我们有足够的时间和充分的耐心，这也反过来说明乐乐对人的忠诚，我们一定会用真心的爱换取乐乐对新家的认同。程小姐，你放心！"戴维真诚地表态。

"戴维，谢谢你，还有安娜，太感谢你们对乐乐的爱，相信乐乐理解你们的爱之后一定会非常珍惜的。"程馨予发自内心地感谢戴维夫妇。

程馨予这两天情绪非常焦躁不安，以往送出去的流浪狗也有非常不适应新家的情况发生，但没有一个像乐乐这么倔犟。程馨予忍不住想去看看乐乐，但遭到了网友们的一致劝阻。

小米的跟帖说："如果你现在出现在乐乐面前,那么戴维和安娜的所有努力都会前功尽弃的!"

都是地球的生灵说："乐乐是在和戴维夫妇作心理上的较量,如果乐乐不肯吃,那就放在一边不去理睬它,到它实在饿得不行就会吃的,至于嚎叫也只能不睬它,叫到最后它自己感到无趣了,自然就会不叫的。没有办法,有时候还是需要硬硬心肠的,这也是为狗狗好。"

为了宽慰程馨予的心情,已经和申川一家大公司签约的宽容事先租了辆车,到了双休日就带着程馨予出去玩了。

宽容始终神神秘秘地不肯告诉程馨予是去哪里玩,只是说去郊游。眼看汽车刚上了高速公路,外面就下起了瓢泼大雨。程馨予有些失望地说:"下雨了,真是扫兴!"

宽容没有接程馨予的话,他是本本族,又是雨天,所以开得格外谨慎,认真地把握着方向盘,神情关注地看着前方。

看窗外面的路标,程馨予发现他们的车进入了江苏无锡地界。

"宽容,我们这究竟是到哪里去玩啊?"程馨予追问。

"好地方,准保你高兴!"宽容还是神秘地不肯说。

无锡? 准保我高兴? 程馨予心里一动。莫非是带我到无锡影视城? 据说张柏芝正在那里拍戏。

"到了!"程馨予正想着,宽容已经稳稳地停车了。

程馨予抬头一看,那牌子正是无锡影视城,不由大为惊喜:"宽容,你真好!"

宽容一手为程馨予打着伞,一手在打手机联络接头。等他们到剧组时,那接头人已经在门口等了,他是剧组的一个美工,宽容还是托高中同学,高中同学又两肋插刀地找了妈妈的老部下帮忙。

"我只能把你们悄悄地领到外围,千万别说是我把你们领进来的,头头知道了会发脾气的。我一直为你们留意着,张柏芝今天还没有上过厕所,你们要有足够的耐心,她总要出来上厕所的,只要你们见着了张柏芝,就一定会有机会的,因为她对影迷是非常好非常好的,一般没有特殊情况都会尽量满足影迷要求的,我跟过这么多剧组,对影迷这么好的大牌真的是很少见的。不过,剧组拍戏的时间很紧张,她上厕所出来顶多几分钟,千万不要耽搁人家好多时间哦。"那美工关照说。

"哦,好的好的,谢谢了,大哥。"宽容和程馨予忙不迭地谢人家。

那美工走了,宽容不好意思地对程馨予说:"怪你男朋友没有能耐,只能努力到这一步了,只是我担心这样会让你很委屈的。"

"今天就是见不到 Cecilia,我心里也已经很开心了,因为你这么努力地想让我开心。"程馨予发自内心地说。

雨越下越密,宽容紧紧拥抱着程馨予,用他的身躯为心爱的女孩挡风雨,给她头顶上撑起了一片晴天。两人守候在厕所门口,不知不觉已经两个多小时过去了,这是他们认识以来,近距离接触最长的一次。

程馨予在宽容怀里一阵激动,宽容看不见自己的背后,但他知道一定是张柏芝出现在程馨予的视线里了。

"Cecilia,你好！我在申川的超级典礼上见过你的。"程馨予冲过去向偶像打招呼。

"我记得你啊,你就是那个喜欢狗狗的女孩嘛。"张柏芝的记忆很准确。

"啊! 是的是的! 你还记得我啊##＄＄＊＊@@……"程馨予又不知道自己在讲些什么了。

"今天风雨这么大,你这样要受凉的,我心里会很难过的,以后千万不许你再这么辛苦了,你可以在 MSN 上找到我的。"张柏芝说着把自己的 MSN 地址留给了程馨予。

"赶紧我们拍张照,你早点回去吧。"又是张柏芝主动提出来合影的。

张柏芝搂着 fans 摆好了 pose ,程馨予的手机不合时宜地震动了起来,善解人意的柏芝说:"你还是先接手机吧。"

程馨予本来不想接这个煞风景电话的,但一看是小奶狗乐乐的领养人打来的,就赶紧接了起来,听着听着,她的脸色变了,哽咽地对张柏芝说:"不好意思,我们有事情要先回家了,谢谢你!"

139

二十四、
一颗父亲般的心被碾得粉碎

到了车上,宽容才知道,小奶狗乐乐已经被 DGD 抓走了!

回申川的路上,程馨予一语不发,什么心情都没有了。宽容在开车,也不敢分心去安慰心爱的女孩,只能非常专注地尽量开快些。

宽容和程馨予赶到戴维和安娜的家时,aigou 已经在那里了。

DGD 是昨天晚上突然闯进私人住宅的,当时只有女主人安娜一个人在家,而男主人戴维下午刚刚去了非洲出差。

DGD 对安娜说:"是因为有人举报这里有条狗狗一直在吼叫,影响了他们家小毛头的睡觉,所以我们不能不来。"

安娜赶紧解释说:"这是条被人家好心人救助下来的流浪狗,刚刚到我们家才一个星期,毕竟它还很小,突然和原来的主人分开让它心里很难受,所以才会拼命叫的,其实这两天已经比前几天明显好多了,昨天晚上叫了几声就歇脚了,今天还真没有叫过呢,你看,小狗狗也得有个适应的过程呀。邻居那头,我们都在信箱里

140

发了致歉信,请求他们谅解这条死里逃生的狗狗的艰难,给它一点时间、一点耐心、一点包容。"

"你发致歉信有什么用,关键是人家邻居有没有谅解你们呢? 如果谅解了,人家也就不会找我们领导投诉了,既然投诉了我们就不能不管,所以你说这些都是没有用的,现在关键是看你有没有狗证? 快拿出来让我们看看。"DGD 根本不听安娜的解释,只是盯着要看狗证。

"我们本来就打算好要为狗狗办证的,只是因为这两天在忙着帮助它适应,我老公又正好忙着去非洲出差,所以就耽搁了,过了双休日我一定会带它去办证的,好吗?"安娜谦恭地请求道。

DGD 有个人发声音了:"那这么说,这条狗目前还是条无证犬?"

安娜急切地辩解:"是暂时还没有来得及办证,但是马上就要去办的。"

DGD 那人又说了:"那你觉得这和无证犬有什么区别吗? 不都是没有办准养证的狗吗?"

那领头模样的人说完话转身就离开了,没有再给安娜辩解的机会,DGD 最终还是坚持以无证犬的理由把小奶狗乐乐抓走了。

因为和救助人的所有联系方式都在戴维的手机上,而安娜一时又联系不上在飞机上的戴维。直到今天中午戴维乘转机的时候给安娜来了电话,才刚刚拿到程馨予和 aigou 的电话号码。

程馨予厚着脸皮接通了乐天的电话:"乐天,我们家小奶狗乐乐被 DGD 抓走了!"

"哦,就是我们来那天别人硬拴在你们家花园门口的那狗?"

"不是那条，就是你们来时我一直抱着的，后来乐帝表演时在我老妈手里抱着的那条小奶狗，叫乐乐。"程馨予说。

"哦，记得记得，不是说已经为小奶狗乐乐找到领养人了嘛，而且领养人也愿意为它办证的呀，怎么没有送去啊。"乐天问。

"唉，已经送到领养人家里去了呀，但是领养人还没有来得及办证，就被 DGD 当作无证犬抓走了，人家领养人给他们解释也不理睬，不知道你老爸西城区有熟悉的人伐？你让你老爸千万想想办法好哦啦？"程馨予语气有些哽咽。

"哦，乐芝，你千万别着急啊，我马上去问问老爸，看看他有什么办法，一会儿我就打过来好吗？"乐天赶紧哄着程馨予。

……

在煎熬般的等待中，程馨予的精神有些恍惚，中华民族难道真的是一个缺乏爱心的民族？程馨予内心是不愿意承认这一点的，但让她困惑不解的是为什么国家机器总是不肯放过一个极其弱小的生命！

手机铃声响起了，果然是乐天的声音："乐芝，我老爸刚刚和西城区检察院的朋友联系了，好像听说西城区检察院和西城区公安局为了一个案件，两家搞得有点僵，这种事情就不大好意思开口了。"

"那……你老爸还有什么办法哦？"程馨予哭了，宽容心痛但又无奈。

程馨予正伤心着，安娜却突然欢呼起来，她昨晚上托的电视台法制聚焦的朋友终于有好消息传来了。

安娜说："我朋友通过西城区公安局的朋友，联络上了区里的狗司令，那狗司令同意我们周一上午去补办手续。"

程馨予开始听了挺高兴的，但一听到要周一才去办手续，就着急起来："乐乐在里面要饿死的，它本来就因为倔强好几天没有吃东西了……"

　　安娜听了赶紧再拨通法制聚焦朋友的手机："不好意思，这狗狗刚刚到我们家因为不适应，所以倔犟得好几天没有吃饭了，昨天态度刚刚好转，就被 DGD 抓去了，我担心狗狗恐怕等不到周一就要饿死的，你好事做到底，能不能再和狗司令沟通一下，今天就让我们去赎狗狗，到时候你出面帮我们好好答谢他。"

　　等了好久好久，法制聚焦朋友来电了："安娜，不好意思，他们狗办的人都在湖里风景区开会，这两天回不来，只能周一去办手续。安娜，对不起，我尽力了。"

　　周一，是宽容陪着安娜去办手续的，居委会的张阿姨居然出乎意料地好讲话，原来这张阿姨也是非常爱狗的，家里还收留了两条流浪狗。张阿姨主动陪他们去找了三家邻居签名。

　　"那狗狗绝对是条忠义之犬，它是因为思念救助它的恩人才这么拼命叫的，而且现在已经几乎不叫了，说明这小家伙已经在适应新家了，请你们多多体谅狗狗的忠心，多多体谅救助人的一片苦心，多多体谅戴维安娜他们夫妻俩的爱心。"张阿姨主动向邻居游说。

　　"张阿姨，你也不用说这么多了，戴维和安娜已经做得很到位了，这小狗狗一来就在我们信箱里放了致歉信，所以这条小狗狗的情况我们都了解，我们也很感动，当然会支持他们的。"对门的邻居说。

　　"那……谢谢谢谢了。"大家一起忙不迭地向邻居道谢。

　　张阿姨又带着大家来到安娜家楼上的邻居，那邻居非常惊讶："被公安局打狗队抓走了？为什么啊，这小狗的故事太感人了，他们为什么一点恻隐之心都没有啊!"

安娜说:"因为 401 室那家人家向公安局的领导反映,说我们家乐乐吵着他们家小毛头睡觉了。"

"吵着他们家小毛头睡觉了? 你不说我也就不提了,他们家的小毛头啊,刚出院那会儿简直是日夜颠倒的夜哭郎啊,我整夜整夜地让他们家夜哭郎弄得睡不着,这不是人家小毛头在适应人间嘛,大家自然都是能够谅解的。怎么这会儿他们就不能理解别人家呢?"楼上的邻居说。

"唉,谁让我们家乐乐只是条狗,而他们家小毛头有幸是个人哪!"安娜一声叹息。

"那有什么区别吗,都是一条生命啊! 听说那小毛头的父亲到现在还没有露面,所以到现在还没有报户口呢,那从道理上说是不是和乐乐一样属于无证的呢? 再说就是买辆汽车,也给你一段时间办证呢,没有办好证也可以弄个临时证在马路上照开。"

安娜惦记着乐乐,实在无心聊天,等他们签完名赶紧谢了就走人。正式买到那张解放证书已经是中午时分了,程馨予在学校里始终在通过手机短信急切地了解进展。

"乐乐,你坚持住,你一定要坚持住,我们来救你了。"安娜拿着花了 2000 元买来的解放证书喃喃自语。

汽车在那扇血腥的大门前停下了,宽容在关押乐乐的区域里看见了他的乐乐,而他的乐乐却没有能够看见宽容,因为乐乐怒睁的眼睛里灵魂已经远去,宽容轻轻抱起倒在血泊中的乐乐,紧紧地把冰冷的乐乐拥在怀里,然而乐乐已经感受不到人类的温暖了！

乐乐回来了，宽容和安娜把它带回了家。匆匆从学校赶回来的程馨予泣不成声地抱起她万般宠爱的小奶狗乐乐，然而已经僵硬的乐乐再也不会发嗲，再也不会发出猫叫一样的声音，再也不会摇尾巴，再也不会……

宽容还有郑阿姨一起，在花园里挖了一个很深的洞穴，李仲琪拿出一个漂亮的新窝窝垫在下面，又放了些玩具零食在窝窝里，宽容从程馨予手里轻轻接过死不瞑目的乐乐，小心翼翼地放在新窝窝里，仿佛不忍心把它惊醒一样。

宽容的手松开了乐乐，一颗父亲般的心被碾得粉碎，他忍不住掉下了男人的眼泪。

二十五、
不能让悲剧在当当身上重演

程馨予从来没有看见过一个男人可以如此伤心的,她对宽容说:"这不是你的错,是 DGD 害死了乐乐。"

宽容揪住自己的头发深深地自责:"都是因为我开始太溺爱乐乐了,整天把它抱在怀里,所以大家就一起跟着我溺爱抱它,害得它到新家这么不适应,这么倔强,都是因为我的溺爱害它送了命!"

程馨予劝解说:"宽容,爱是没有错的,我们爱乐乐啊!"

宽容心痛地说:"如果我们控制好爱的程度,掌握好爱的比例,那乐乐就会在新家活得好好的!"

程馨予愤怒地说:"都是这个社会不好,如果那个有婴儿的邻居能够体谅一些,如果那个 DGD 能够人性化一些,那么我们的乐乐是不会死的!"

宽容不能原谅自己:"正是因为这个社会是这样子的,所以才需要我们来保护它们啊,我们应该让自己更理智些,为狗狗的生存创造更好的条件啊! 今后我们一定要吸取这次惨痛的教训,对救助来的流浪狗一定不能太溺爱,这样才能帮助它尽快适应新家庭。"

正说着,当当乘他们不注意,把宽容的裤脚撕咬开一个大口子。

"当当!"宽容猛地站起来大吼一声,把外厅的人吓了一跳。

"当当,你给我站住!"宽容不放过当当,把它追得满地仓皇逃窜。

当当穿过外厅,在一楼走廊的角落里,还是被宽容逮住了,宽容按着当当的头让它看咬坏的裤脚管,不停地大声呵斥:"当当,你不可以咬东西!"

李仲琪非常惊讶宽容的举动,看着当当簌簌发抖的可怜样,她实在不忍心了:"好了,宽容,阿姨知道你心里很难受,但也不能拿当当撒气啊,不就咬坏条裤子嘛,算了吧,啊?"

当当是个聪明的小机灵鬼,看山水就知道李仲琪是救命稻草,就赶紧往她怀里躲。

"阿姨,我就是心里再难受,我一个男子汉也不会拿弱小动物撒气啊!乐乐的事情虽然怪那个邻居太不厚道,怪打狗队缺乏仁慈,但是我们自己也要反思啊,如果不是因为我太溺爱整天抱着它,也许乐乐不会对我们这么依恋,也不会对安娜他们这么对抗,那么乐乐现在一定还会活着,是我的不理智让它丧失了宝贵的生命!所以我们不能让悲剧在当当身上重演啊!"宽容心情沉痛地说。

"……"李仲琪这才知道是她误会宽容了。

"阿姨,并不是每一条狗狗都像小贝和乐帝这么乖巧的,当当来了你们家之后搞的破坏都已经数不清了,走廊里的藤沙发已经被啃得光剩下一个空架子了,门垫和地毯都换了好几回了。阿姨,你们母女都非常仁慈宽厚,自然是不舍得责备它的,但是这样真的会助长当当的调皮捣蛋,对当当今后短短的一生不利,因为许多领养人并不一定能够容忍当当的调皮捣蛋,所以我们在为当当寻找领养人之前就应该硬起心肠把当当的不良行为矫正过来,阿姨,你说是吗?"宽容很理智的说。

"宽容说得有道理!"虽然程馨予也心疼当当,但还是坚决地站在宽容一边。

"宽容,真是难为你对流浪狗的这一番苦心啊,阿姨觉得你说的很有道理。阿姨当然愿意听你的,只是当当这小东西可要怎么调教才能好呢? 说实话,阿姨这辈子也从来没有看见过这么顽皮的狗狗。"李仲琪家周转的流浪狗也不算少了,但说实话像当当这么的顽皮却是从来没有碰见过的,虽然那天香港的好朋友丽丽并不嫌当当顽皮,一口说定了五月初正好有公干到申川,顺便就把它领回香港,但是能够调教得好一点可能会得到主人更多的喜欢。

"这个……我以前在书上看到过,看到狗狗犯错误时,一定要抓住现行严厉教育,而且家里的人还得保持一致的态度,狗狗像小孩子一样,特别会在家里人当中找到薄弱环节以寻求保护,那样它的缺点就纠正不了。"宽容认真地说。

"噢,我明白了,我刚才的表现就是当当眼睛里的薄弱环节,当当是吗? 告诉你当当,从今天开始,外婆要对你严肃教育了,绝不被你当成薄弱环节。"李仲琪指着怀里当当的鼻子说,突然想起来补充:"馨予,还有你,其实我们家对狗狗最没有原则的还是馨予,所以你千万不能成为当当的薄弱环节。"

"还有,当当要是行为上稍微有些进步,就要极其夸张地大加表扬。"宽容说。

"这还用你教啊,对狗狗成功教育可是我最拿手的,乐帝是哦?"程馨予说。

对当当的严打教育加成功教育拉开了序幕,当当莫名其妙就突然成了这家的过街老鼠,居然人人喊打。

程馨予还特意到小摊上去买了那种能在空中击打发出响声的塑料手掌,发现当当现行作案一次,全家就举起那种带响的塑料手掌穷追猛打,虽然从来也没有舍得将塑料手掌真的落在当当的小身体上,但这么大的动静也足以吓得它抱头鼠窜了。

李仲琪给当当准备了许多磨牙的狗狗玩具和咬骨等食物,只要看见当当在咬这些玩具或者咬骨,就大惊小怪地冲过去抱住它狂摩挲它的腹部,当当给弄得一愣一愣,不明白自己究竟做了什么竟会让主人这么狂喜。当然,当当同样也不知道为什么主人有时候会突然狂怒地追打的让它无路可逃。

慢慢地,机灵的当当摸出了一些门道,发现家里的有些东西是不能咬的,那会引来大家一致的追打,而有些东西咬了主人却会很开心,居然还表扬它。当当开始在主人眼皮底下试探着咬那些让主人开心的东西,果然只要主人一发现,立即会过来夸奖它,还奖励它鸡肉条什么的。当当也故意尝试着再去咬那些主人会不开心的东西,想看看主人的反应有什么变化,而主人的态度一点不含糊,立即停下手里正忙着的活儿,咬牙切齿地狠狠追打它。

当当的小脑子里已经开始能够大致分类了,哪些东东是可以咬的,哪些东东是不可以咬的,就是有时候当当一皮起来就把这些分类忘记在脑后了,但是只要一看主人的反应马上就知道错了,也不像以前那么拼命逃了,而是以最乖的态度来争取主人的原谅。

当当真的一天天在进步,它已经知道到规定的地方拉屎撒尿了,这些都让李仲琪母女俩喜不自禁。

二十六、
谁来为他们亮出红牌

当当的出境手续碰上了一些莫名其妙的事情,着实让李仲琪有些挠头。

其实那天丽丽说了五月初带当当到香港,李仲琪就马上到办理出入境手续的检疫部门去咨询,这才知道这个部门自身有个服务中心,服务中心下面专门有个猫狗医院,要出境就必须到这个官办宠物医院去打疫苗,而且要在打好七联疫苗满一个月后才能出境,至于在其他医院打的疫苗他们是一律不认账的。这下可让李仲琪犯难了,当当在拣来的当天就已经打过六联疫苗了,这样重复打对狗狗的身体是否有害呢? 那官员模样的人回答说没有关系的。

3月7日,李仲琪只好抱着当当到那家官办医院重新补打了六联,那里的女医生专门为当当发了一本看上去印刷得还算蛮精致的中文繁体和英文对照的宠物健康证书。并且在宠物预防注射记录栏目里填写了3月7日六联的字样,然后又在后面两栏里填写了3月28日六联字样。

"咦,3月28日不是应该打七联吗?"李仲琪有些诧异。

"对,还是打六联。"女医生肯定地说。

"啊,那什么时候再打七联啊?这样时间上可能有些紧张了,我香港的朋友五月初就要来带它回去的。"

"噢,那没有问题的,你3月28日来打六联的时候同时再打一针狂犬疫苗就行了。"那女医生随即就在当当的健康证上又补写了一行字"3月28日狂犬"。

"那这两个疫苗可以一起打的吗?"李仲琪问。

"没有问题,我不是都给你写好了嘛,到时候你带它一起来打,满一个月也就是4月28日,那样你朋友五月初带它出境也来得及。"女医生为李仲琪算得好好的。

李仲琪不太懂防疫的事情,记得通常好像是打完六联满一个月就打七联的,从来也没有听说过要打两次六联的,但又觉得也许事关出境,所以才特别需要打两次六联,好在时间上也赶得及。

然而,到了3月28日,李仲琪抱着当当按宠物健康证的书面医嘱去打疫苗,上次的那个女医生不在。

"这两种疫苗怎么可以一起打呢,绝对不行的!"接手的另外一个医生非常明确地说。

"这个……也是你们医生写的呀。"李仲琪蛮惊讶的,想了想又商量说:"要不少打一次六联吧,直接打七联怎么样,国内的狗狗不都是这样的嘛,而且我们急着要出境,时间上恐怕来不及呀。"

"这样吧,今天先打一针六联,你们一周后再来打狂犬。"那医生顺手在健康证的医嘱上改了打狂犬疫苗的时间。

李仲琪出了这家官办医院,左思右想觉得不放心,赶紧让程馨予到网上咨询了

151

一下,那些老资格的狗友都没有听说过连续打两次六联的做法。但毕竟这些狗友都没有为狗狗办过出境手续,也许出境确实是需要打两次六联的。李仲琪母女俩最担心的问题是,一周后就打狂犬疫苗是否间隔时间太短?

程馨予一连打电话到七家规模比较大的宠物医院去咨询,有四家说是必须间隔一个月,还有三家说必须间隔三个星期。程馨予还打了这家官办医院的另外两家分院咨询,答复也是六联之后必须间隔21天。显然为当当打针的那家官办医院有些糊糊。

程馨予突然想起申川还有一家畜牧兽医站办的宠物医院,也算是官办医院。便试着打电话过去问:"你好,请问一下,打好六联之后应该间隔多少时间才能打狂犬疫苗啊?"

"三个星期之后。"那边医生很干脆地回答。

"那么是不是可以提早打呢?"程馨予问。

"那不行,这样对狗狗不好,不过除非你们那区域发生了狂犬病,或者说就是疫区,那么这样的话可以考虑提前打,一般还是要间隔三个星期的。"医生倒挺耐心的。

"哦,谢谢你。不好意思,再请教你一下,我们家狗狗这已经是打第二次六联了,那么是否可以提前些打狂犬疫苗?"程馨予问。

"什么啊? 打第二次六联了? 为什么啊? 谁让你们打的?"医生大为吃惊。

"我们也不懂,听说要打两次六联就打了。"程馨予没有说出那家官办医院让打的,生怕人家医生犯忌。

"嗨,这不是废的嘛,莫名其妙,一点意义也没有,而且对狗狗也不好……"那边的医生说。

程馨予挂了电话心里非常愤怒！那家垄断出境手续的官办医院竟然如此的糨糊，你干脆直接来抢钱好咧，这样也不至于耽误人家的计划，更可恨的是对狗狗的健康不好！本来程馨予打算请电视台来曝光的，那本宠物健康证上的医生记录足以说明一切问题。但是考虑到最后还得在人家这里办出境手续，就只好硬忍下这口气了！

唉，也难怪，联合国公布了对全世界190多个国家医疗公平的排名，中国是第四名，可惜是倒数第四名啊！中国的人类尚且处在这样的环境，狗狗的这点遭遇又算得了什么呢？

二十七、
感觉渐入佳境时

"乐芝,我知道你喜欢狗是因为喜欢张柏芝,但是你怎么会这么喜欢张柏芝的呢?"有一天宽容问程馨予。

"其实我从小就是那种专心读书的孩子,从来也没有留意过娱乐圈的事情,可以说脑子里对明星的事情是一片空白。"程馨予说。

"不会吧,这么说你是那种要么滴酒不沾,要么狂饮特饮的人哦。"宽容笑了。

"真的,不骗你,我记得大约是在读初一的时候,班级里好几个同学们在那里很起劲地争论什么,那帮同学争来争去居然争到我面前来了,好像有同学说了,让馨予说,馨予是跳舞的。我有些茫然,刚才没有关心她们在争论什么,就问要我说什么呀? 你说说,张柏芝跳舞好看吗? 我还是很茫然,就问张柏芝是谁啊? 争论的双方突然都哄堂大笑起来。过了很久以后我才知道,同学们是在讨论电影《浪漫樱花》里张柏芝的舞姿。用现在的话说,当时大家一定都觉得我很 OUT。"

"呵呵,还有这样的故事啊?"

"我突然觉得很自卑,回家就对老妈说,妈咪,小朋友知道很多东西的,我都不知道。老妈就问,我们馨予这么聪明,能有什么东西小朋友知道而我们馨予不知道呢?我说,小朋友知道很多明星的事情,而我一点都不知道。老妈笑了,想要知道明星的事情啊,那还不容易,妈咪给馨予买些电视电影杂志回来不就行了。好几年过去了,老妈还时常笑话我,说我那天回家和她讲话时都有些哽咽了,吓她一跳呢!"程馨予说。

"那看看电视电影杂志就喜欢张柏芝啦?"宽容问。

"也不是啦,真正注意到 Cecilia,那是她慈善飞车表演受伤的时候,我不知道有些娱乐记者的心理为什么这么阴暗,一个女孩子为了香港慈善事业筹款,表演飞越5 辆汽车,这需要多么大的勇气啊,但有些媒体记者却用了幸灾乐祸的口吻来报道,标题都是'张柏芝亡命飞车险成植物人'、'大美女飞车断尾骨,极有可能终身不育'、'玩车玩到尾椎断'之类的,现在报纸这么多,大家生活节奏又这么快,许多人都是看标题一带而过的,看了这样的标题,人们脑子里就会对张柏芝留下不好的印象。而且无聊的记者还总是把目光盯在探望张柏芝的男明星有谁谁谁,最后张柏芝带伤复出工作,又被说成是要钱不要命!人家都全身固定在那里不能动了,那些记者还有心思这么炒作,真得是太残酷了!"都好几年过去了,程馨予说起这些眼睛里还闪着泪光。

"我也看见过的,好像说什么'大美女玩车断骨害己又害人,殃及某台文艺晚会亏老本',换了心理素质差点的人真的要跳楼了!"宽容说。

"当时我想,如果是我受了这么大委屈,早就哭死过去好几回了!我为 Cecilia 的勇敢和坚强所感动,所以就开始关注她的一切,越关注就越喜欢她,因为我从有些记者阴暗的炒作里看到了 Cecilia 的美德，比如从'张柏芝仨爸爸俩妈不堪重负'的新闻里我就看到了她的孝顺顾家。你知道吗，东南亚海啸发生后，Cecilia 是到瘟疫肆虐的灾区探访的唯一女明星，她在灾区又出钱又出力。还有，Cecilia 到成都参加演唱会，绵阳的绝症女孩写信给报社希望见见偶像，Cecilia 获悉后立即表示愿意出资安排女孩到成都，在演唱会上，Cecilia 流着眼泪双膝跪地相拥着轮椅上的少女演唱，结束后又连夜向人拼凑筹借了 5 万元现金送到女孩手里。这点点滴滴都让热爱 Cecilia 的 fans 感到骄傲。"说到自己偶像的美德，程馨予非常自豪。

"那张柏芝是怎么让你喜欢上狗狗的呢?"宽容问。

"你看见这样一张经典的照片吗? 美丽漂亮的 Cecilia 侧坐在地上，右手拥着的是一条双目失明的白色狗狗，左手抱着依偎在她腿上的失去一条腿的黑黄相间狗狗，照片上的那行文字是'动物爱心大使张柏芝:残疾的动物一样温柔可爱，给它一个家，请支持领养计划。'我想稍有爱心的人看见这样的照片是无法不动容的，后来我又了解到 Cecilia 是香港小动物保护协会的爱心大使，偶像的力量让我情不自禁地关注狗爱护狗救助狗，中国的狗狗是处在那么的水深火热之中，你想，当我亲眼看到小贝受到血腥摧残，我能麻木不仁无动于衷吗?"程馨予想到小贝被开水浇烫的那一幕，泪水还是涌了出来。

"难怪你这么喜欢张柏芝，原来是对她的爱心产生了共鸣!"宽容很感动地说。

"那么你呢，宽容你是怎么会开始救助流浪狗的?"程馨予问。

"馨予，你的故事让你流泪，但是我的故事早已让我的心底流干了眼泪。"宽容内心深处那道十多年来都无法愈合的伤口又开始渗血:"从我有记忆开始，我父母之间的战争就没有断过，我在父母枪林弹雨的夹缝中生存。我 6 岁那年，父母终于离婚了,原来的住房用三夹板拦了三分之一让妈妈一个人住,我被迫随爸爸生活。不知道为什么,我从小就很喜欢狗,妈妈说我也许就是狗投胎的。那时候好像没有机会能看到真正的狗,所谓我喜欢其实也就是看看狗的图片而已。"

"听我老妈说,那年头普通老百姓是根本不准养狗的,好像只有港澳台同胞和归侨侨眷等等特殊人群才能被特批养狗。"程馨予说。

"我读小学一年级的时候,我妈妈突然带回家一条叫皮皮的狗狗,我幸福得想要大声尖叫,但又怕吓着小皮皮,我非常克制地用手去轻轻触摸它那温暖的皮毛,心里的开心是无法用语言来形容的。我每天放学回家就表现乖,拼命做作业,那样就可以有多一点时间到妈妈房间抱一会皮皮,小皮皮成了我心中的快乐源泉。但是我只是个孩子,我万万没有想到抱一抱皮皮会酿成什么样的后果。"宽容说。

"是不是你爸爸不愿意看见你老到妈妈房间去,就又和你妈妈吵架了?"程馨予问。

"馨予,以你的善良永远也不会想到我爸爸他会怎么做!"宽容看了一眼善良的女孩说。

"那你爸爸一定是伤害了皮皮?"程馨予觉得这结果应该是最重的了。

"那天我放学回家没有看见皮皮,心里觉得有些奇怪,但是我必需先做好作业,当我再到妈妈房间里的时候,看见妈妈在掉眼泪,妈妈告诉我皮皮不见了!我当即也伤心地哭了,爸爸在隔壁吼着让我吃饭了,我端着饭碗一点没有胃口,但是我不敢把饭剩下来,于是我淘了点肉汤把饭硬咽了下去。晚上,我躺着床上一直在想着我的皮皮。当那个讨厌的女人来找爸爸时,我还是继续装出熟睡的样子,但心里还是在想着我的皮皮。在他们浪声浪气的打情骂俏中,我真切地听见皮皮是被爸爸

157

吃了!"

"啊？怎么会这样啊!"程馨予非常震惊。

"我简直不敢相信自己的耳朵，忽然想起自己吃的那些肉汤，不由胃里强烈地翻滚起来，呕吐物几乎是不受控制地喷射出来的。一个星期过去了，我的病非但没有好转，却似乎越来越严重了，吃什么呕什么，医院没辙了，请来了专家会诊，却也确诊不了病因。我知道自己日益消瘦了，连说话也没有力气。我是心疼我的妈妈，才强迫自己非常艰难地开始吃东西，为了克服呕吐，我自己和自己痛苦地搏斗了三个多月，才渐渐地有了好转。"宽容说。

"那你爸爸当时怎么样了?"程馨予问。

"我在医院醒来时就看见了那个我称作爸爸的人，但是我的眼睛不愿意看着他，也不愿意和这人讲话，医生告诉我爸爸那叫自闭症。我知道自己不是自闭症，因为没有人的时候，我一直和妈妈悄悄地讲话的，但是我愿意我爸爸把我当作自闭症。那时候我一个小孩子还不懂法律不法律的，只知道爸爸干的是坏事，我心里天天盼望着警察来把爸爸抓走。"宽容沉浸在回忆之中。

"如果中国有小动物保护法，那么这样的悲剧也许会减少许多!"程馨予说。

"我一直到了上大学，才知道世界上许多国家都是有小动物保护法的，狗狗投胎在中国这块土地上实在是它的悲哀，在这里处于弱势的狗类生存与否，得取决于强权人类的心情和喜好。在大学的几年里，为了心中永远无法忘却的皮皮，为了给丑恶的父亲赎罪，也为了呼唤小动物保护法，我始终坚持做一些力所能及的小动物保护，也结识了一批志同道合的朋友。"宽容说。

当程馨予和宽容的感觉渐入佳境时，另一个男孩则天天在 MSN 上守候着程馨予,她总是用"sorry,忙着"来搪塞赵海天。以她的性格绝对不会端起架子作高傲公主状,弄得人灰头土脸的,那样会伤着人的,毕竟自己感觉不来电并不意味着对方不优秀。通常她都会使出婉转这一独门武器,无论如何得给人留着面子,最终大家还是好朋友。

然而程馨予那屡试不爽的独门武器,却没有能挡住赵海天继续发起一轮轮新攻势。个人设置一会儿是"我是一棵陈坤菜",一会儿是"我用扑朔迷离的眼睛望着你",一会儿变成了"我不是西瓜,我是一粒豆",一会儿又变成"我愿意是一只乌鸦",程馨予看了也忍俊不禁,赵海天的性格脾气是可爱的,但有时候更像个大顽童,这样的男孩做朋友可以,做老公可不行,看来得动脑筋研发非杀伤性新式武器来对付他了。

二十八、
伤心的故事每天都在重复

　　X宠物网的新一轮网上义拍就要开始了,那是为救助流浪动物筹款,兄弟姐妹们争先恐后地上传捐赠拍品的图片。程馨予捐出的拍品是一个从法国带回来的小香袋和一瓶上好的意大利红葡萄酒,宝贝清清、淘气姐姐、茉莉花开、小夏拉拉、2666、小新妈、叮叮妈似乎在比上传的速度,捐出的拍品让人眼花缭乱……

　　aigou捐赠的拍品立即吸引了程馨予的眼球,其实也就是一件普普通通的白色圆领衫,但不普通的是胸前用彩色不锈钢钉缀成的排列非常漂亮的英文字母"I LOVE CECI",这是aigou亲手做上去的。程馨予毫不犹豫地以超出起拍价一倍的数额发帖"50号拍品,200元"。网上喜欢张柏芝的并非程馨予一人,立即有人给"50号拍品,210元",此起彼伏的拍价追到350元时,程馨予发帖"50号拍品,500元,志在必得",这才止住了50号拍品的竞拍。

　　爱心摄影捐赠的拍品几乎引起了大家的哄抢,那是一本精心制作的狗狗摄影集。爱心摄影并不是一个人的ID,而是好几位专业摄影师联合注册的。每当各个

X 宠物网的兄弟姐妹带着小朋友们到郊区参加户外活动时，爱心摄影就会赶来为小朋友们抓拍照片。如果被拍摄的是等待救助的流浪狗，那么是分文不取的，在网上征求领养帖子和新闻午报宠物专刊领养信息的好多照片都是他们提供的。至于有主的宠物，则象征性地收取一些费用，汇入爱心摄影的账户用于救助小动物。

乐天在网上竞拍到了 26 号拍品法国小香袋和 27 号拍品意大利红葡萄酒，立即点开了 MSN 上程馨予的对话框。

乐天·期盼有个美好的结局 说：

"我拍到了你的小香袋和红葡萄酒。🍸"

乐芝·错过了就只能永远错过 说：

"谢谢！"

乐天·期盼有个美好的结局 说：

"为我们的感情举杯。🍸"

乐芝·错过了就只能错过 说：

"为兄妹之情，干杯！"

乐天·期盼有个美好的结局 说：

"我不要做你的哥哥，我要做你的情侣 🐈❤💋💋"

乐芝·错过了就只能错过 说：

"那下辈子你要趁早。🐌"

乐天·期盼有个美好的结局 说：

"我无法删掉对你的感情。"

乐芝·错过了就只能错过 说：

"我没法删掉心里的宽容，所以也就无法再安装上爱你的程序，否则会死机的。"

乐天·期盼有个美好的结局 说：

"但是你始终在我心里，不曾离开过。"

乐芝·错过了就只能错过 说：

"在我心里，你和宽容是完全不同的两种程序，和你的那种叫友情，和宽容的则是铭心刻骨的爱情。"

乐天知道最后的努力化为了乌有，他只能把这段美好的感情永远埋藏在心里，让时间来将青涩的爱情转化为成熟的友情，也许这也是一种美好的结局。

就在 XX 宠物网的救助流浪狗筹款竞拍接近尾声的时候，有人转发了另一个 X 宠物网"救救我的苏牧"的热帖，一年多来心中始终涌动着强烈苏牧情结的程馨予自然格外关注苏牧的消息。

又有可爱的狗狗被抓进了集中营！这样的帖子太多了，伤心的故事每天都在重复。程馨予看这种帖子的心情已经从激愤转为悲哀，又从悲哀转为沮丧，渐渐地有些麻木了。

天哪，那家人家怎么会被抓去这么多狗的！那发帖人的 ID 叫娜拉，已经在另一个宠物网发了好几天了。开始的跟帖是一片同情声和谴责声，被同情的自然是娜拉,被谴责的自然是 DGD。然而后面的帖子风向开始有了变化,大家的谴责矛头开始转向了娜拉,因为在商讨救助的过程中有些内幕被揭开了。

娜拉租借的是老公房的一楼,她在天井里居然散养了 7 条狗狗,其中 5 条是大型犬,而且都是无证犬,一有风吹草动狗狗立即会群起狂吠,那股气味也令人不堪承受,忍无可忍的邻居联名上访,强烈批评警方不作为。有关领导专门对此作了批示:这一情况严重困扰了人民群众的正常生活,要从"三个代表"的高度来解决好。于是,解决娜拉家的狗狗被列入了政府督办的重要工作,深受压力的警方雷厉风行地行动了!

唉,难怪邻居要集体上访,这样的情况人家没有意见才怪呢? 程馨予非常感叹。

警方在居委会、物业以及居民的见证下,在天井围墙外架起了梯子,然后用绳子做成活套,套在狗脖子上一条条拖出来的,被紧扣脖子几乎窒息的狗狗是根本无力挣扎的。

看着看着,程馨予突然感觉一阵窒息,因为她想到了一年前被偷的小贝。一年来李仲琪母女始终也没有想明白,当初那偷贼究竟是怎么把小贝从花园里偷出去的,毕竟那铁门是紧锁着的。现在程馨予马上伤心地意识到,小贝是被偷贼用白色电线套出去的!

种种迹象表露,娜拉有搞家庭繁殖和贩卖宠物的嫌疑。网友们纷纷谴责娜拉养这么多无证犬是漠视狗狗的生命安全,偏激的爱狗人士的谴责就更严厉了。对于办狗证,所有真心爱狗的人都是把办证当作养狗的头等大事来办的,就当为疼爱的宝贝买个护身符,关键时刻那护身符能救宝贝的生命,所以许多 X 宠物网站的网友都是大力倡导呼吁为宝贝办护身符的。但是许多人养狗纯粹是为了玩玩,或者

163

只是一时的心血来潮,那么他们当然是不愿意办证的,毕竟办证的费用这么昂贵,即使狗狗因为无证而被抓,那重新买一条也比办个狗证核算多了,在他们看来这狗证没有一点用处,这也是中国所有城市无证犬远远超过有证犬的原因。

二十九、
程馨予瘫倒在宽容的怀里

　　网页上的图片完全显示出来了,程馨予乍一看,仿佛心脏猛地被高压电击中了,那条叫加加的苏牧怎么与小贝惊人地相似? 是自己思念小贝过度产生的幻觉? 她揉了揉眼睛再看,感觉还是小贝! 程馨予赶紧将 MSN 名字设置为那个帖子的链接:大家看看,是不是我家小贝? 见过小贝又在线上的朋友都去看了,反应都是像极了! 程馨予的眼睛锁定了这个帖子,关注每一个进展。

　　一个 ID 叫飞翔的重要人物出场了,他上宠物网站的时间还不到一年,却已经救助了许多流浪并花钱为他们办证,程馨予虽然和飞翔不熟,但也非常敬重飞翔为流浪狗付出的努力。那条加加是飞翔在一年前救助的第一条流浪狗,因为那时没有经验,也没有上宠物网站,凑巧在 QQ 上遇见了娜拉,而娜拉又紧盯不舍地表示愿意给加加幸福,飞翔就把加加的幸福托付给了娜拉。获悉加加被抓到狗狗集中营之后,飞翔开始了奋力营救,他带着小动物保护协会的证明奔走于各个相关部门苦苦相求,保证领回狗狗后重新找家好人家,一定为狗狗办证,但是却一直没有结果。

一年前救助的流浪狗？程馨予血液的流速加快了，小贝就是一年前被偷的！2004年8月9日，这个日子永远让她刻骨铭心！程馨予立即注册了飞翔的那个网站，给他在站内留了短消息：关于加加有急事要谈，请速加我MSN！一直到晚上，程馨予才和飞翔接上头。

乐芝·疑似小贝 说：

"请问你一年前捡到加加的具体日子？"

飞翔(0)营救加加 说：

"2004年9月中旬，具体那天记不清了。"

乐芝·疑似小贝 说：

"不好意思，再请问你是在哪里捡到的？"

飞翔(0)营救加加 说：

"在阔中路的那个公共绿地里。"

乐芝·疑似小贝 说：

"啊，离我家不到一站路！"

飞翔(0)营救加加 说：

"怎么啦？"

乐芝·疑似小贝 说：

"我家的苏牧小贝就是2004年8月9日被偷的，与你捡到加加的日子仅仅相差一个半月，而且地点也离我家很近。"

飞翔(0)营救加加 说：

"哦,有些巧。"

乐芝·疑似小贝 说:

"我家小贝是公的,当时2岁左右,体重50斤,棕黄相间为主,四肢雪白,颈项和胸部雪白,竖耳,尖长嘴,鼻子上有小指甲大胎记,腹部近后肢处皮肤有大片深色胎记,颈背部皮肤有烫伤痊愈后留下的疤痕。"

飞翔(0)营救加加 说:

"咦?真的很巧,我没注意它腹部有没有胎记,但鼻子上的小胎记还有印象的,记得最牢的是它身上烫伤的疤痕,当时我还想这小朋友吃了不少苦。"

乐芝·疑似小贝 说:

"这么说,它一定就是我的小贝!我发几张小贝的照片给你,看看和加加像哦?"

飞翔(0)营救加加 说:

"我把小贝鼻子上的胎记放大看了,真的和加加鼻子上的胎记一摸一样的,太像了!"

乐芝·疑似小贝 说:

"当时小贝不见时,新闻媒体作了大篇幅的连续报道。"

飞翔(0)营救加加 说:

"不好意思,那时候我还没有进入这个圈子,所以没有注意到。我是从加加开始关注流浪狗的,还以为自己给加加寻找到了幸福,哪里知道给它带来的是噩梦。"

乐芝·疑似小贝 说:

"人心难测啊。我一定要去救回加加,它一定是我的小贝。我家小贝是有狗证的,号码是 15777。"

飞翔(0)营救加加 说:

"我捡到加加时重新为它办了 2004 年的证,哪里想到当时信誓旦旦的娜拉没有给它办 2005 年的证,害得加加成了无证犬。"

乐芝·疑似小贝 说:

"狗是无辜的,它不能决定自己是有证犬还是无证犬,它甚至没有权力考虑自己生存还是死亡。"

飞翔(0)营救加加 说:

"的确是这样的。现在看来,时间、地点、胎记和伤疤以及照片全部吻合的,应该能确定加加肯定是你的小贝。"

乐芝·疑似小贝 说:

"小贝是被人用白色电线套着脖子带走的,它一定是从偷贼那里逃出来的,它一定千辛万苦在寻找自己的家,其实它差不多已经要找到家了,那绿地离开家只有咫尺之遥!"

飞翔(0)营救加加 说:

"唉,无言。"

乐芝·疑似小贝 说:

"明天我会带着小贝的狗证、照片还有媒体的报道去找狗办,警方应该有我们当时打 110 报警的记录。"

飞翔(0)营救加加 说:

"让我们一起努力!"

那一夜,惨不忍睹的死亡集中营和小贝的画面又成了程馨予大脑皮层的屏保,为什么一条这么乖巧的狗狗却要两次被关进狗狗死亡集中营呢? 程馨予对营救小贝还是有信心的,因为母亲刚才已经亲自出面拜托了赵万强,叔叔知道小贝的故事,也有这方面的人脉,所以即使明天是周六,赵叔叔还是一口答应了。

　　第二天一大早,宽容就过来陪着程馨予等消息。程馨予呆呆地坐在客厅里,手里紧紧捏着手机,魂却早已飞走了。手机的震动叫醒了她,是飞翔发来的短信:"来不及了,一切都晚了!"

　　"什么意思,不要那么悲观,让我们努力!"程馨予对赵万强叔叔是充满信心的。

　　"已经被处理了。"

　　"什么叫处理了,没有挽回的余地了吗?"程馨予的心痛了一下,其实她已经看懂处理的含义,只是她不愿意相信那层意思罢了。

　　"昨天下午已经被统一敲死了。"

　　那瞬间,程馨予瘫倒在宽容的怀里,感觉仿佛被人开膛解剖摘去了心肝……不知道过了多久,她才渐渐地恢复了知觉,清晰地感受到了蔓延到全身每一个细胞的痛楚,寂静之后的呜咽犹如海啸一般从这个柔弱少女的心中暴发出来! 为什么? 为什么啊? 明明是人造下的罪孽,却为什么要让无辜的狗狗用生命去承受啊?

2006 年 8 月 30 日定稿于上海

　　我很晚才知道中国的大地上居然流浪着数以千万计的丧家之犬，我也很晚才知道有一批善良的小动物保护志愿者在为狗狗的生存环境终日奔走，所以我很晚才加入到小动物保护志愿者队伍中来，或许准确地说我只是行走在小动物保护的边缘地带，我在许多宠物网潜水，虽然我做得很少，但是我看到了很多。我看到了惨不忍睹的血腥画面，也看到了善良人们的倾心付出。我觉得我必须把自己做过的和看见别人做过的记录下来，为呼唤"中国小动物保护法"尽一点自己微薄的力量！

　　客观地说，狗狗生存环境恶化的部分原因是养狗人自身的不文明造成的。比如：不捡狗粪，让不养狗的人感到讨厌；不办狗证，让 dgd 抓狗有了理由；不打疫苗，让狂犬病在中国难以控制；还有，我国数以千万计的流浪狗也是因为养狗人而产生的，当然我这里说的是那种缺乏责任心的养狗人（包括恶意繁殖的狗贩子）。所以，养狗人应该以自己的文明素质来争取狗狗的良好生存环境。其实，小动物保护法是通过保护小动物来保护人的。

我深深感谢父母，因为他们给我营造了一个美好的家庭！我也要感谢我的外公外婆和阿公阿婆，他们让我从娘胎开始就泡在了糖水里！我更要感谢我初中的班主任陆履云老师，感谢她对我初中四年的辛勤付出！我还要感谢我的新中高级中学，感谢学校为我们营造了宽松温暖的素质教育环境！我还要感谢各个宠物网站的哥哥姐姐叔叔阿姨，因为我向他们学到了许多！当然，最重要的是感谢柏芝姐姐，是她让我爱上了狗狗！

　　在这篇文字杀青之际，一名时髦妇女丧尽天良的用高跟鞋踩踏虐猫事件成了全国媒体的热议话题，中国大地发出了呼唤小动物保护法的最强音，各大高校学子纷纷拉出横幅自发签名，"中国小动物保护法"已是呼之欲出！我无比迫切地期待着……

图书在版编目(CIP)数据

不要让我再心痛/盈盈著. －上海:上海文艺出版社,2006.9
ISBN 7－5321－3107－6

Ⅰ.不… Ⅱ.盈… Ⅲ.长篇小说－中国－当代 Ⅳ.I247.5

中国版本图书馆 CIP 数据核字(2006)第 111432 号

责任编辑　修晓林
装帧设计　周艳梅

不要让我再心痛

盈　盈著

上海文艺出版社出版、发行

地址:上海绍兴路74号

电子信箱:cslcm@publicl. sta. net. cn

网址:www. slcm. com

新华书店 经销　上海港东印刷厂印刷

开本 787×1092　1/16　印张 12　插页 4　字数 125,000

2006 年 9 月第 1 版　2006 年 9 月第 1 次印刷

ISBN 7－5321－3107－6/I·2375　　定价:28.00 元

告读者　如发现本书有质量问题请与印刷厂质量科联系
T: 021－59671164